PETER HÄRTLING

AN DEN UFERN MEINER STADT

PETER HÄRTLING

AN DEN UFERN MEINER STADT

SPÄTE GEDICHTE

Herausgegeben von Klaus Siblewski

KIEPENHEUER & WITSCH

INHALTSÜBERSICHT

I. GEDICHTBÄNDE

Ein Balkon aus Papier

1.

Die Fische im Augenwasser,
meistens schwimmen sie
einzeln.
Neuerdings füllen sie
in Schwärmen
den Blick,
nehmen Städte ein
und Landschaften –
eine vinetische Verwandlung:
Ich habe
ein zweites Leben
begonnen.

2.

In den Träumen,
den Morgenträumen,
lösen die Blätter
sich auf
oder
ich höre sie:
Meine Stimme erzählt sie,
und schon
sind sie vergangen
im Bodensatz von allem,
was ich erinnere.

3.

Allmählich entfallen mir
die Gegenden.
Nur noch die eine,
der Hügel,
auf dem mein Engel
seine Flügel
abstreift,
dort, wo Wege sich gabeln,
Koffer offen liegen,
gefüllt mit Schnee,
bereit
für meine Reise.

4.

Dieser junge Mann,
der hinter mir
her
läuft,
vergeudet seine Zukunft,
die ich
nicht mehr habe,
und versucht
ausdauernd
mich loszuwerden.
Oder ich ihn?

5.

Komm! singt mein Kindermund.
Komm! Komm!
Und ich weiß nicht,
ob ich König sein will
oder Knecht.
Wasser oder Stein.
Ich falle in den Brunnen,
ich falle in den Mund
und höre sie singen,
die ich suchte,
den König,
den Knecht,
ein Leben lang.

6.

Nachts
türmen sich Hügel auf
und verschwinden wieder.
Sterne wandern.
ordnen sich zu neuen Bildern:
der Kleine Wolf und
der Alte Bär.
Mühelos gelingt es mir,
mein Kinderdorf aus dem Schlaf
zu rufen.
Die Schwester,
die ich vergaß,
halte ich plötzlich
an der Hand:
Sie kommt,
wenn es tagt.

7.

Mein Schlaf
dehnt sich aus
bis zu dem Rand,
über den alle,
die sich in meinen Traum
drängen,
stürzen werden,
fort von mir,
zurück in ihr Leben.

8.

Wörter
fressen sich mir
unter die Haut.
Die Schattenredner
sagen mir nach,
was ich nicht sagte.
Ihre Rede setzte sich
fest,
Knorpel und Geschwüre.
Ich habe es
ausgehalten:
Meine Schmerzen sind
nicht
ihre.

9.

Mit Greisenschritten
gehe ich
in mir herum.
Meine Ungeduld wächst.
Manchmal aber
finde ich den alten
Schritt,
ausholend, für den Morgen
gespannt,
und wandere
den geliebten Hügel
hinauf:
dort, wo die Windräder sausen
und Kinder spielen,
was ich ihnen
aufsagte.

10.

Mich friert das junge Jahr.
Ich nehme mir vor,
die Vögel zu empfangen,
die in den Garten
einfallen werden,
bald –
den Dompfaff vor allem,
der den Elstern
widerstand.
Ungeduldig halte ich
nach ihm
Ausschau.

11.

Längst zum Wegelagerer geworden,
der aufhält und beraubt,
was nachkommt.
Nichts wird mir entgehen,
nicht
die aufgebrauchte Liebe,
nicht
der hoffnungsvolle Leichnam
namens Zukunft,
nicht
der ausgebleichte Schatten,
der mich zu früh
verloren
gab.
Ich behalte sie
bei mir
und lasse sie
zurück.

12.

Die Briefe,
die ich ausschickte,
kommen zurück,
einer nach dem andern.
So lerne ich
schweigen
und streiche,
einverstanden,
die Sätze
von den Seiten.

13.

Dieser eine Tag auf der Terrasse,
die
der späte Sommer
für mich erfand.
Die ich erwarte,
haben sich versäumt.
Zögernd lese ich
den Schatten
eines Baumes.
Ab und zu pochen
Kastanien
auf den Stein.
Ich atme ohne Regel,
so,
wie sie fallen.

14.

Keine Träume mehr,
wuchernd,
nur noch Bruch,
Geröll,
Abdrücke von Schreien
im Mulm.
Das Gesicht halbiert
und den Mund
ohne Zunge.
Sobald ich erwache,
fürchte ich mich
vorm Schlaf.

15.

Komm, Kind,
hol den Alten aus der Wand,
ruf ihn,
kleine Königin,
er hat dich
erwartet.
Setz ihn aus
und sprich ihn frei,
pflanz ihm den
Stern in die Hand
für eine Runde:
Bis zum ersten Wort.
Bis zum ersten Schritt.
Dann kann er
gehn.

16.

Ein Mal,
ein einziges Mal,
werden alle Bilder
meinen Schlaf verlassen,
er wird mich aufnehmen,
ein Kanal,
nicht schwarz,
nicht weiß,
und ich werde
nicht gefasst sein
auf das,
was nicht mehr ist.

17.

Manchmal
wiederhole ich
vergangene Gespräche,
die Sätze eingeebnet,
die Wörter ohne Münder,
und rufe mir,
bodenlos heiter,
die Freunde
an den Saum des Abends,
bis das Kind
in den Kreis tritt,
mir den kommenden Tag
verspricht.

(für Hildegard)

18.

Nein,
kein Land mehr,
das im Schauen
weit wird.
Die Gegend
nimmt ab
und genügt mir.
Ab und zu
die Steig hinauf,
zur Schwelle vor
der Ebene oben:
ein Herzsprung.
Um den Berg wandernd,
hole ich,
Szene für Szene,
mich ein:
Bis der Greis
hinunter
stolpert.
Ihm genügen
ein paar Schritte
hier
zu sein.

19.

Am Hals
ist mir seine Ader
gesprungen.
Er hat immer besser
singen können als ich.
Als Kind hätte ich
seine Wörter
in einem Baukasten
sammeln wollen.
In Bahnhofslokalen
warte ich auf ihn.
Für ein Glas Wein
nimmt er mich
auf seine Reise mit,
vergisst mich gleich,
damit ich wieder
auf ihn warte.

(für Peter Bichsel)

20.

Fang die Stimme ein
und nicht den Vogel.
Schließ die Augen
und geh ins Bild.
Ich könnte mit Macke
nach Tunis reisen,
mit Klee nach Kairuan.
Kannst du Farbe
falten,
Noten springen lassen?
Nur eine Reise noch –
nicht nach Tunis,
nicht nach Kairuan.
Fang die Stimme ein.
Und geh ins Bild.

21.

Ein Balkon aus Papier,
handtellergroß,
für jeden Morgen.
Das ist kein Kinderspiel.
Diese ein wenig
fahrige Mühe,
den Tag zu gewinnen,
dem ersten Satz zu trauen,
ohne ihn auszusprechen,
Sonnenflecken zu zählen,
den Atem zu hören
und den Rauch der Zigarette
gegen die offene Hand
zu blasen.
Jeder Morgen
könnte mir fehlen.

22.

Vorboten kommen:
Totems und Krüge,
Wolken, die ihre Schatten
zurücklassen
auf der Terrasse
und Vogelschwärme,
die sich am Horizont
stauen.
Der Abdruck von Händen
auf dem Tisch,
noch warm in der Form.
Und Stimmen, die an
den Gegenständen haften,
hier, jetzt.
Nicht ein Satz reicht
über diesen Winter
hinaus.

23.

Ein letztes Mal
in Golems steinernen Büchern
blättern.
Nichts wird mehr erzählt.
Ich verwechsle Schatten
und wage es nicht,
sie anzureden.
Vielleicht mein Vater –
er verliert sich
in der Schrift.
Er plante sein Glück.
Er lernte das Recht.
Dem Kind stellte er
die Heiligen
auf der Brücke vor.
Und Wörter warf er
in den Fluss:
dreiunddreißig Tauben.
Ich wiederhole Gänge,
seine, meine.

(Prag)

24.

An den Ufern meiner Stadt
treffen sich
die Abgelebten,
dünnhäutig und schweigsam.
Manchmal tanzen sie
nach einer Musik,
die nur laut wird,
wenn die Leiber
sich vermengen –
ein kostbares, sehr altes
Geräusch.
Dann brandet an,
was sie mitnimmt.

25.

Die Koffer sind leer.
Aber mein Schubert trägt
schwer an ihnen.
Die Adressen habe ich
nicht für ihn ausgesucht:
Himmelspforte und Himmelsberg.
Auch nicht, dass Komtesse Karolin
im Fuße eines Windrads
verschwindet.
Es ist ein Einfall
der Gegend.
Hier nämlich ist er
seit zwei Wintern
unterwegs.

(*Melchinger Winterreise*)

26.

Eingewachsen
in meine Armbeuge.
Ich kann dich wiegen,
Kind,
in den Tag,
in den Abend.
Bewahrt bist du
in allen Fluchten,
vor den regnenden Steinen,
vor den steigenden Wassern.
Am Ende wird
das geteilte Leben
dir gehören, Kind,
entwachsen meiner Armbeuge.

(für Hannah)

27.

Mein Haus wird mit mir alt.
Es senkt seine Schwellen,
um meinen Schritten
wohlzutun.
Es legt den Garten um sich,
einen immerfort
sich wandelnden Schal.
Es schickt,
mich zu locken,
Kinderstimmen über die Flure
und schichtet
die einst gelesenen Bücher
um
für Anfänge.
Nur wartet es nicht mehr auf mich.
Ich könnte gehn.
Längst ist es unterwegs
mit mir.

28.

Am Kinderhaar
aus der Fluchtspur gezerrt.
Was heißt schon:
gerettet.
Da kreuzen sich wieder
Lichtfinger am Himmel, der
seinen Horizont verbrennt.
Keinen wirst du
dort mehr erkennen.
Vergiss, sagt Mutter,
den Koffer nicht
mit den Papieren.
Der ging mir immer
verloren.
Nun hört das Kind,
ohne mich,
auf zu reden
im neuen Krieg.

29.

Kommt über die Rampe
und wirft mit Noten,
streut Wörter aus,
kehrt um und
sieht sich zu.
Wenn er nur wüsste,
wer er ist, sein soll,
jetzt oder dann,
ihm sagt es keiner.
Doch ist er, was er war,
nichts als ein Gedanke,
eine Laune mit Namen und Leib:
Komm über die Rampe,
komm wieder!

(für Ursula Bothe)

30.

Ich erzähl dir einen Garten,
unsern letzten, ich erzähl
dir zuerst die Hecke, damit
der Himmel seine Grenze hat,
ich erzähl dir Blumen,
die ihre Farben tauschen,
ich erfinde dir einen Teich,
in dem die Schatten Körper werden,
Nixen und Nöcks, und Bäume setze ich,
die von einem Tag in den andern
ihre Äste verschränken – ein Schirm
aus Laub und Vogelstimmen,
ich spanne dir den Rasen aus,
das alte Tuch mit Kindertritten,
und alle Jahreszeiten schick ich
in einem Atem drüber weg –
einen Garten erzähl ich dir,
unsern.

(für M.)

31.

Plötzlich die Hand
voller Vogelherzen:
ein Instrument für meine
mährische Musik.
Hier
wird sie nicht gehört.
Janáček hat
für sie Linien gezogen.
Wie könnte ich,
mich gegen mein Spiegelbild lehnend
im Fluss,
in der grünen Kindermarch,
wie könnte ich
meine Hand ballen zur Faust:
ach, dieses spürbare,
pochende Lied.

32.

Sätze –
schon unter der Zunge,
schon im Papier,
gespreizt haben sie sich,
sich aufgeführt,
gelogen, geliebt,
haben Feuer gefangen
zwischen Atemzügen,
sind Haut geworden
und Haar.
Nun, nach ihrer Zeit,
nach unserer,
wissen sie nichts mehr
von sich,
von uns.

33.

Meine Toten wachsen
in mich hinein,
stumme, sich ausbreitende
Geschwüre.
Maserungen in meinem
Fleisch.
Mit der Zeit
werden sie mehr sein
als ich.
Wucherungen,
die meiner Seele
den Raum rauben.
Nur mein Gedächtnis
sparen sie
aus.

34.

Das Kind
liegt auf dem Rücken
und bespricht Wolken.
Ich ruf es
unter den Holunder,
dort,
wo der tote Soldat,
von schwarzen Fliegen besetzt,
in die Erde sinkt,
am Ende
eine Spur von Teer
fürs Gedächtnis.

35.

Über die Schwelle
und nicht vor die Tür.
Längst ist der Morgen vermint.
Die Fische schwimmen auf dem Rücken.
Die Gräser bleichen zurück
in die Wurzeln.
Die Sterne ziehen Fäden.
Das Meer springt aufs Land.
Am Ende des Korridors,
sehr fern,
reißt sich der Terror
die Maske
vom Gesicht.

36.

Reif, sagst du.
Wenn du reif sagst,
jetzt, und über den harten
Schatten des Sommers
springst,
mich hinüber
rufst,
lehnen wir uns
gegen die Mauer,
danken dem Stein die Wärme
im Voraus.
Die Liebe,
dieser Sud der Jahre,
wird sämig,
wird fest.

(zum 24.6.99)

37.

Immer wieder den Wörtern
auf den Leim gegangen –
nun endlich,
satt und krank zugleich,
untergetaucht,
um sie von unten zu sehen,
ein Himmel
von faulenden Bäuchen:
Nahrung für
mein wachsendes Schweigen.

38.

Die verbrauchten Häuser
kommen geschwommen
auf meinen Flüssen.
Aufgelöst die Fenster,
die Türen im Schlick,
und vor den Mündungen angelangt
nur noch Umrisse, brüchig,
Sätzen ähnlich, die ein Kind
plappert, den Flüssen
nachredend: Neckarrheinhavelmain

39.

Du, rede ich mich an,
du flüchtig Verdoppelter,
und doch nicht gut
für den Spiegel.
Mein Du für die Dauer
dieses Gedichts:
Du, den ich hier lasse,
eingefasst in Wörter,
Du, mit dem Gedächtnis
einiger Zeilen,
Du, ein knapper Atemzug,
Du, mein wankelmütiges Herz,
mein Jetzt.

40.

Auf einer Reise
allein in einem Abteil
überraschen mich
übrig gebliebene Gespräche.
Ich kann euch nicht sehen,
klage ich.
Wie leicht verlieren Wörter
ihren Körper.
Ich rufe in die Gegenwart,
was nur
auf die Vergangenheit hört.
Wer endet hier?
Wer kommt hier an?

41.

Einer Blume die Blätter
zählen,
bis sie's endlich weiß.
Einem Stein die Haut
abziehen,
bis er's endlich spürt
oder
bevor dir die Lider
über die Augen wachsen,
den Tag auswendig lernen,
um ihn zu haben
für den Fall.

42.

Vorm Herbst
der mürben Gartenbank
eine Schleife an die Lehne
binden:
Leicht wird vergessen,
was die Dauer erdachte.
Aus dem Tisch wachsen,
ein Rätsel für ungefragte Gäste,
Blumen anderer Kontinente.
Ich rufe niemanden mehr,
gehe ins Haus,
und das Gras
schwärzt mir die Füße.

43.

Ich habe mir versprochen,
die Sonne in einem Kahn verreisen zu sehen
noch in jener Jahreszeit,
aus der ich,
ich weiß es,
nicht mehr finden werde.
Es könnte die Julisprache sein.
Denn ich habe aufgehört,
in Gesichtern zu lesen,
und Sandkörner bleiben
auf meiner Haut.
Die Bäume schreiben ihre
Namen gegen den Horizont.
Noch vor Nacht lerne
ich sie auswendig.

44.

Komm, fremder, mir noch fremder Schlaf,
komm, Schlaf der Alten,
träg und sprunghaft,
leere meine Träume
und leg dich am Tag zu mir,
füll mich aus,
zieh deine Teerspur
durch mein Gemüt,
schwärze meine restliche Zeit,
bis ich mich deinen Launen füge,
bis ich bereit bin,
dir nachzugeben, dir zu gehören,
mein Schlaf.

45.

Ein Nachmittag wie dieser,
aus dem Kalender verloren,
die Stühle und der Tisch
werfen Schatten, die Sonne
steht hoch, die Bäume
beugen sich im Wind.
Meine Gäste sind gegangen.
Ich rede ihnen nach
und höre mir zu.
Leicht wäre es, den Atem
anzuhalten und
der Schatten zu sein,
der noch fehlt.

46.

Weg gehen –
die Signatur einer Spinne
an der Wand:
So brüchig schreibt
die Dauer.
Traut mir nicht!
Ich setze ein Schiff aus
und warte,
bis die Flut den Garten erreicht.
Mein Blick
steht schon unter Wasser.
In diesem Herbst tanzen die Puppen,
verspreche ich meiner kleinen Königin
und werfe
die durchtanzten Schuh
für alle Fälle
über den Zaun.

47.

Einen Luftgeiger
hinterlasse ich dir,
sichtbar nur
im Gegenlicht.
Ich nehme den nächsten Zug
und spanne
eine Gegend vors Fenster,
keine von hier.
Welche Station
für welchen Abschied?
Einmal
schwenkt ein Kind
eine weiße Fahne –
ich habe es als alte Frau gekannt.
Einmal
höre ich den Geiger wieder;
es schwingt die Luft
und kündigt
das Ende der Reise an.

48.

Wie leicht ist es,
den Engeln ihr Wesen einzureden.
Sie geben nach
und kehren wieder:
Schattenflocken
zwischen dem Wacholder
oder andernorts Lichtwirbel
zwischen Zypressen.
Manchmal ist ihr Kern
zu erkennen,
nicht Tag, nicht Nacht,
aus einer Zeit,
die wir uns versprechen.
Sie nicht.

49.

Aufgeregt und lose der Himmel.
Die greisen Rebstöcke stolpern
und ihre Arme haben
kein Gewicht.
Was für eine Stadt,
steinern und poliert.
Wie soll ich die schöne Garonne
grüßen?
In welcher Sprache.
Dir fiel sie aus dem Mund.
Mir ins Gedächtnis:
Wörter schon ohne Grund,
ohne Gewicht,
frei für den hastigen Aufbruch.

(Bordeaux)

50.

Wie du die Silben,
die Wörter gelernt hast,
spielend – fürs Es erst,
fürs Ich und Du danach,
Sätze, die ein Leben beginnen,
Sätze grad und krumm,
lüstern, aufgebracht und aufgebraucht.
Sich brüstend im Anfang: Jetzt!
Nicht später, jetzt! Jetzt
solltest du sie alle
zurückrufen, über die Lippen
holen und schlucken,
bis mit dem letzten Wort,
schon vergessen, das anfängt,
was die Wörter
nicht mehr braucht
und keine Rede: Nichts.

51.

Unerwartet
unter die Winterkröten
geraten,
die Haut schuppig
und Erde fressend
bis an den Schlund.
Was
habe ich denn erwartet?
Unterm
geleerten Himmel
werde ich
die Tode wechseln,
bis ein anderes Jahr
das Krötenvolk weckt
zum blinden Aufbruch,
zum schrecklichen Gesang.

52.

Kann ich,
wenn ich die Haut wechsle,
dieses unscheinbarste Kostüm
mit einer Geschichte,
einer einzigen Geschichte,
die ich mir erzählte
sehnsüchtig nach einer Haut –
kann ich
den Schluss ändern,
den ich kenne?

53.

Die Wachteln, die Mörike
in einem Bauer vor seiner Tür
aufzog, rund wie er,
die seine Verse sangen –
unvermutet besetzen
sie mein Gedicht, ein
flaumiges Rudel, und wetzen
ihre Schnäbel
an winzigen Wörtern
aus Stein.

54.

So lange habe ich den Wörtern
vertraut, misstraut,
habe sie geworfen und verworfen,
hab sie bewohnt;
so lange bin ich den Wörtern
auf den Leim gegangen.
Jetzt aber ziehn sie sich
zurück,
wenden sich ab,
satt von mir
und überdrüssig
meiner Erinnerung.
Ich brauche mich nicht mehr.

(1.12.99)

55.

Meine Städte wachsen
zusammen.
Straßen verbinden sich,
von jetzt nach ehedem.
Parks wuchern ineinander.
Unlängst bin ich
in einem dottergelben Palais
mit einem Bischof
durch Säle gelaufen,
den Krönungsstuhl Franz Josephs
zu begrüßen.
Ein langes Regiment,
sagte der Bischof
und balancierte auf einer Brüstung
von einer Stadt in die andere.
Vergessen Sie, riet er mir,
die Namen
und vertrauen Sie
Ihren Schritten –
in die Städte hinein,
in die andern.

NACHTRÄGE FÜR DEN MALER AXEL ARNDT

1.

Mit Kinderhand
Häuser malen.
Da schaukelt ein Zimmer
in der Luft,
und im Kanal treiben
Fassaden.
Berlin,
sagt der Maler,
es wächst sich mir aus:
Wo immer ich einziehe,
bin ich schon
gewesen.

2.

Der Platz vorm Café
schrumpft im Licht
und steigt –
eine Bühne.
Er hält sie
seit Stunden besetzt.
Der rote Stein
aus dem Gebirge
jenseits
löst sich in seinem Glas.
Ich male nachts,
sagt er,
und was ich sehe,
verliert seine Farbe.

3.

Mit dem Bleistift
eine Linie ziehn
und auf ihr fortgehn:
Sichtbar
am Horizont bleiben,
sehr klein
und
sehr beweglich.
Ich habe mich
schon vergessen,
sagt er,
und lässt seine Bilder
frei.

kommen – gehen – bleiben

I.

EINE KEHRE

Geh weg, ruft das Kind
und läuft dir hinterher.
Du folgst seinem Ruf.
Es holt dich ein.
Halt an, sagt das Kind
und erzählt dich zurück.
An den Anfang eines Satzes,
den du eben noch dachtest.
Es atmet eine Weile mit dir,
es raubt dir den Atem.
Es treibt dich ans Ende
des Satzes. Es verspricht
dir ein wortloses Glück.
Komm mir nach, ruft das Kind
und läuft dir voraus.

VERÄNDERUNG

Kann es ein Spiel sein?
In einem Bild Ghirlandaios
einen Stein verstecken,
zwischen zierlichen Schuhn
und Battistsäumen. Und
die Betrachter auffordern,
eine Seele zu suchen.
Wer wird sie erkennen?
Jener vielleicht, der sich
schon lange in abendlichen
Städten aufhält und
die Finsternis erwartet,
die über die Ränder steigt.
Dort, sagt er, dort
kann ich bleiben
und schiebt den Stein
tiefer ins Bild.

DAUER

Sobald ich das Kind
wiedersehe, das Kind
in dem Zimmer, das, weiß,
vom Licht verschlungen
wird, das Mädchen auf dem
Bettrand sehe, wiedersehe,
die Puppe auf dem Schoß,
verhakt ins Karo des Röckchens,
und das Buch für die
vergessenen Wörter neben sich,
das Mädchen, das nicht mehr
weiß wie ein Kind wartet,
wenn es warten soll,
sobald ich das Kind
wiedersehe, versuche ich
die Wörter zu wecken,
die es verlernte, um zu
bleiben und sicher zu sein
vor dem, was es erwartet.

INNERE BEWEGUNG

Kann die Elster den Garten
erobern?
Du sprichst zu wenig
mit ihr.
Übermorgen gibts Krieg,
schreit sie
und rauft sich die Federn.
Dass sie die Nacht
fürchtet,
sollest du wissen;
und den Tag
immer alleine anzettelt,
dem sie droht und
der schnell vergisst.

GEGENBEWEGUNG

Dieser Neckar, der umkehrt,
treibt den störrischen Kahn
dort, am Turm, vorüber,
wo die Stimme steht, seither
dieser eine Schrei aus dem Fenster;
wo die gelehrten Schatten,
aus allen Fragen entlassen,
in die Nacht aufgehen;
wo widerstrebende Wellen
die Rinde von den Stämmen
jener Bäume zärtlich schälen,
die sich seit je
im Fluss spiegeln.

ERWARTUNG

Endlich der gläserne Himmel,
Winterhimmel,
der die Nacht über den
Rest von Licht hebt.
Eine einzige eisige Spannung,
in der Glück sichtbar wird:
Spuren von Bildern, von
Buchstaben, Engelshaaren.
In Erwartung der Sterne.

ZEITGEWINN

So unterm Mond,
windig bis in die Knochen,
frei von Nachreden,
dem Morgen abspenstig,
so unterm Mond
treffen sich die Tagdiebe,
um sich auszutauschen,
sich zu tauschen
und die Spur der
gestohlenen Tage
in einem andern Licht
verschwinden zu sehn.

VERSUCHUNG

Mal einen Weg, der
dir hinterm Horizont
wegläuft oder
schreib ihn –
nur weiter kommst du nicht.
Du übertreibst die Farben,
die ihn säumen, die Schatten
der Bäume, die ihn
zurechtweisen.
Noch traust du dir
den Gang nicht zu.
Du könntest aber,
wenn die Wörter, die Farben
verbraucht sind,
dich auf den Weg begeben,
und dort, wo die Farben,
die Wörter enden,
auf den Himmel treten.

FLORENTINISCHER AUGENBLICK

Du könntest hinuntergehn
in die aufgeschichtete Stadt
und den Heiligen die Mäntel
stehlen. Am Abend könntest
du sie ausbreiten auf den
warmen durstigen Hügeln,
ihre Säume auftrennen, nach
einander, und die Reste
freilassen: die ganze Saumseligkeit
aus Wörtern, gestirnten Silben –
bereit für ein Amen
und untauglich für den Tag.

AUF PROBE

Du lauschst an der Tür,
das Ohr am Holz,
lauschst einer vergangenen
Geschichte
und versiegelst sie mit Scham:
Hinter der Tür
erzählt die Liebe.
Nur noch von sich.
Aber du wolltest dich
hören und sie
wolltest du hören.
Und danach erst das alte Lied.

DANACH

Orpheus, zerfallen in Asche.
Danach ist danach.
Dies eine Lied, das er konnte,
gerann zur Spur
im schwarzen Staub.
Feuer sprang vor ihr Bild.
Er hat, fiel ihm ein,
bevor er fiel, stumm sein
wollen. Aber das Lied, das eine,
mit dem er sich hörte,
verriet ihn.

FRAGEN

In Gedanken ein Zimmer
betreten, das du in Gedanken
verließest. Wer hat
es umgeräumt und wessen
Atem stockt in ihm?
Staub hat Buchstaben
auf die Tischplatte
geschrieben. Du mühst
dich umsonst, sie zu lesen.
Du hörst auch den Rest
einer Stimme – deiner?
Könnte es ein Lied
werden, sein Anfang?
Was erinnerst du und
wer erinnert dich?
Wer ist es, fragst du nach,
der sich verließ?
Wer blieb?

WECHSEL

Dieser Ausschnitt Nacht, meiner,
in wechselnden Fenstern.
Tintig und beschwert von Schatten
oder mit springenden Lichtern.
Immer ohne Himmel und Erde:
ein Gelände für unausgesprochene
Wörter, angeredet und blind,
keine Vorbereitung auf den Schlaf,
eher der Ansatz für eine Hymne,
die dem Vergessen widersteht
vor dem schönen Wechsel der Finsternis.

VERDOPPELUNG

Wieder der Fremde
die Nacht geöffnet,
dem lautlosen Körper,
auch einem Streifen Licht
am Rand der Erwartung.
Er bewegt sich mit deinem
Atem, mit meinem.
Ich komme zu mir, wieder fremd
für diese eine Nacht,
in der ich mich zu mir lege
und mich atmen höre.

AUSTAUSCH

Wäre er austauschbar, unser Schlaf,
er müsste sich erkennen:
Kurz und tief und neben dem Leben;
frei von Bildern und Stimmen;
nichts als süchtig nach sich.
Ohne Macht, aber fest im Willen:
Der Punkt zu sein vorm folgenden Satz.

für György Konrád

SINNGEDICHT

Ein abgebrauchter Satz,
verludert in der Zeit
und doch schon Schwelle –
fest für einen Übertritt:
DAS HABE ICH NICHT GEWOLLT.
Dass du stolperst,
dass du einhältst,
ehe du ankommst mit nichts
von dem, was du wolltest.

IM WIDERSPRUCH

Unbewegt eine Wolke,
unbewegt ihr Spiegelbild im See,
unbewegt ihr Schatten auf dem Fels;
eine Wolke, die nicht kommt,
die nicht geht,
eine Wolke, aufgehalten,
bevor sie verging;
nur einmal gesehen,
leicht, beinahe zu leicht,
in einem Bett von Licht –
ausgesetzt dem Widerspruch
ihres Seins: der Dauer.
Eine Wolke im Bild.

für Gisela Neven Du Mont

EINFACHES ANDENKEN

So oft gesagt, so oft beteuert –
Sätze, rund um ein Brunnenloch;
oder ein Foto, aufgestellt im Regal.
Einfaches Andenken. Und Erinnerungen
an den Atem von Mund zu Mund,
diesen Austausch von Leben: Jetzt
ist es längst eingewachsen,
du in mir und ich in dir.

ABEND

Das Wasser steigt
mit dem Abend.
Es ist keine Flut vorausgesagt,
sie käme nie so ruhig.
Vielleicht verwechselt
der Abend das Wasser
mit dem Licht. Ein Licht,
das wir vergessen: feucht
und mit einem atmenden
blutigen Rand. Immer
unerwartet. Licht, das
mit den Kriegen kommt,
lange vor den Klagen,
lange vor den Geschichten,
die ohne Ende bleiben werden,
dieses Licht, das dem Wasser
gleicht, an das wir uns
wieder erinnern: feucht
und mit blutigem Rand,
aus dem Stoff toter Seelen.

TAUB

Die Wörter beginnen,
sich zu verstecken.
Zwischen Ebennoch und Jetzt
brechen sie auseinander.
Was sie wussten,
liegt taub herum.
Die Frage kennt die Antwort
nicht mehr und nicht
die Antwort die Frage.
Das einst Angesprochene
fällt aus dem Raum,
aus dem Sinn,
wenn die Wörter beginnen,
sich zu verstecken.

GIOTTO

Es könnte Wesen geben,
sage ich mir,
die uns aus Liebe
erscheinen. Seit je
sind sie um uns,
Bewegungen in der Luft,
säuselnde Zungen,
sprechende Wirbel.
Selten erfüllt sich
ihre Sehnsucht. Sie
atmen mit den Jahreszeiten.
Bis einer es wagt zu lieben,
was er nicht sieht,
Giotto, sage ich mir,
und die Erregung Gestalt annimmt,
endlich frei wird,
was ihn umgibt:
ein Engel oder die
noch ungetaufte Liebe.

III.

LAUTERBACHER VERSE

1.

Grau5gans, dort, knapp
hinterm Morgenschatten,
vom Himmel gestürzt.
Ich auch, Gänschen.
Mir ging der Atem aus.
Hinter den Rippen
wuchs ein Stein.
Dir ist das Gefieder
schwer geworden
von unvollendeten Reisen.
Mit ein paar Schritten
bin ich bei dir, Gänschen,
weiß aber die Lieder
nicht mehr
und nicht die Märchen.
Ohne Namen wirst du
auskommen müssen,
und ich, der Hirt,
ohne Auftrag.

2.

Auf festem Wasser
werde ich
mit den alten Männern tanzen,
den weniger Gerechten,
die Erde in den Himmel
stülpen,
der Würde
den Rücken waschen,
den andern die Augen
trocknen,
dem Glück jeden Grund
absprechen –
und tanzen und hüpfen
werde ich, den Hut
in der Stirn,
die Hände geöffnet
für die kommende Schrift,
die das Wasser festigt
zum Tanz der alten Männer
vor dem Ende der Zeit.

3.

Hier, nur hier, überwerfen
sich im Frühling die Weiden
mit den Lobsängern.
Sie bestehen auf Trauer.
Ihre Blätter, blasse,
im Licht sich wiegende Knospen,
schmähen die Jahreszeiten.
Denn hier, nur hier,
wo das Licht entspringt
und die guten Nachrichten
üblich sind,
fallen schwarze Flocken
aus der Bläue.

4.

Nun hast du's so weit gebracht:
Du musst dich tragen.
Du bist dem Buckel, deine Last.
Du atmest dir
in den Nacken,
treibst dich an,
wirst dir schwer.
Du wirst dich nicht mehr los.
Nicht nachts, nicht tags.
Wie komme ich zu mir?
fragst du dich, Träger und Last.
Ich bin mir
ich bin mir mein Buckel,
sagst du,
und nimmst dich auf dich
für den Rest des Wegs.

5.

Du fällst ins Atemloch
und schreist den Himmel an,
spürst die gestreifte Haut,
die Doppelader mit dem falschen Schlag.
Brich durch die Wand,
verlier, was du verloren gabst,
und lerne ein paar Wörter neu:
kommen,
gehen,
bleiben.

6.

Sag, Jona, was
prophezeitest du?
Es wird berichtet,
du habest Bäume
verkehrt gepflanzt:
die Wurzeln in die Luft,
die Wipfel verkümmert in den Staub.
Mit tausend Armen
warfen sie dich in den Fisch.
Was hast du ihm prophezeit, Jona,
in seinem schwarzen Bauch?
Er habe, wird berichtet,
rasend alle Meere durchquert
bis er dich ausspie
in furchtbarer Angst.
Nun wohnst du
in einem Kürbis,
sprachlos, kein
Prophet mehr.
Ein Lügner, wird behauptet,
ein Großmaul von anderswo
und zu alt für die Wahrheit.

7.

Unterm Krötenbogen anhalten,
die verkommenen Schwüre einsammeln
und die ausgelassenen Zukünfte.
Ach, diese schönen Kulissen,
vor denen Liebe sich aufspielte
und Prinzen sich verdreifachten!
Die immer bereiten Hechte
spien ihre Jahresbeute aus,
um mein Märchen zu verderben.
Fort mit der Liebe, den Schwüren.
Was bleibt, lässt sich erzählen:
Ehe der See steigt
schenkt mir die Gnade unterm Krötenbogen
einen Herzschlag mehr
und dazu die wunderbare Erinnerungslücke
vorm nächsten Satz.

8.

Ein Schatten fällt auf den Tisch,
beinahe durchsichtig,
mit festem Rand.
Es könnte die Erinnerung
an ein Blatt sein
oder
der Umriss einer Vogelseele.
Die Hand des alten Mannes
senkt sich
und nimmt auf,
was vergehen könnte.

9.

Atem
holen.
Wind fährt
durch einen gehäuteten
Schädel.
Die Gedanken,
die er hütete,
verfolgen die Besucher
zum Bootssteg.
Wer holt
wen?
Im sinkenden Licht
gehen einige Gäste
verloren.

10.

Kein Konzert zum Abschied.
Kein Gänsechor.
Nicht der hastige Auftritt
von Moribunden.
Hochgezogen wird
der schöne Hintergrund.
Auf dieser Bühne
stritt ich
zwischen Vorher und Nachher,
ehe ich sie
der Stimme überließ,
dieser Stimme jenseits des Sees,
auf einmal sehr nah:
eine schwingende Linie,
königlicher Gesang –
o a me date un altro cor.

IV.

AM RAND

Bis an den Rand.
Die Finger lösen sich
von ihren Wurzeln
und tragen ihre Ängste aus.
Was sie berühren
atmet zu schnell.
Die Baumschatten vorm Fenster
schwärzen ein
und rücken auf mich zu.
Mir geht die Luft aus.
Mit den Fingerkuppen
poche ich
auf Ausflüchte.

SCHRIFTEN

Schreib dich ein
für diesen Sommer
ins Gartenbuch.
Du kannst, da du zu spät
beginnst, die Seiten
durcheinanderbringen.
Schreib den Käfern nach,
die auf Vokalen laufen,
den Libellen, die
ihren Schatten verdoppeln;
schreib mit den Meisen
ein paar Serifen zu viel
und mit dem Krötenkönig
präge ein Wasserzeichen
auf den Stein.
Was du dir aber erhoffst
von diesem geschenkten Sommer,
überlasse den Wasserläufern:
Sie verlieren ihre Spur,
bevor sie von einem Tag
auf den andern verschwinden.

LIBELLENZEIT

Libellenzeit, du fragst dich, wie sie vergeht,
ist es das Licht zwischen den Flügeln?
Und die Angst, die von ihnen gerieben wird.
Du hörst sie wie vor dem letzten Atemzug.

V.

INTENSIV-STATION

1.
Die Laken leicht überm Leib,
eine fremde Hand legt sich auf meine Haut
und prüft die Wanderwege der Schmerzen.
Was heißt was? will ich wissen.
Ein schöner Schatten löst sich von der Wand
und weiß die Antwort: Zeitverbleib.

2.

Ich liege in mehreren Schichten.
Heult eine Sirene vorm Fenster,
bittet Mutter mich, die Mappe mit den Dokumenten in den
Keller zu nehmen.
Ein Engel teilt die Nacht, fordert mich auf stillzuhalten.
Das Blut fließe allzu heftig aus der Drainage.

3.

Die Betten wechseln. Sie riechen nie nach mir.
Unreine Inseln, umzingelt von Gutachtern.
Zukünfte werden medizinisch gesichert. Ich spreche
dem alten Doktor nach: Gabst dir alles alleine,
gib dir das letzte Glück, und verdrieße ihn mit
einem Wort, auf das er keinen Reim findet:
Aneurysma. Es fliegt als rarer Schmetterling über meine Insel.

4.

Den langen Sommer bekam ich zum Geschenk:
dreifach sterben.
Dreimal Sätze finden für den Weg zwischen Herz und Hirn.
Dreimal auf der Schwelle anhalten, im Schatten.
Warten, bis abends das Taubenpaar im Garten mich dreimal
ruft: Kommdukomm.

Schattenwürfe

Schattenwürfe, Erinnerung an altes Licht,
fest geworden zwischen Wörtern.
Ich lehne mich an Gewohnheiten,
traue meiner Geduld
und spreche nach:
Wort für Wort, gemessen von der Zeit,
deutlich im Licht,
alt genug, Schatten zu werfen.

Abends den Atem wiegen,
tagschwer und auf Fragen gebettet:
Wann strömt das Blau in die Trauben?
Wie schmeckt das Leben?
Wie kommt, aus dem Gewicht des Atems,
der Gesang in die Kehle?
Dieser Laut, in dem Anfänge und Rätsel
aufblühen, diese eine Strophe,
die ich lernte, um wiederzukehren.

Wovon ich leichter werde: ein paar Kadenzen
zum Atemholen, zwischen Mittag und Abend,
wehende Koloraturen und Faltenwürfe, Fluchtlinien,
aber auch Stimmrisse und Pausen, lächerliche
Schluchzer und ein Tränenrand.

Es ist Zeit, den Froschkönig zu rufen.
Jedes Frühjahr beginnt er seine Geschichte.
Wann wird er uns im Garten besuchen kommen?
Wann wird er sich auswachsen? Eine Idee
für morgen, für die Kinder, für meinen Winter?
Er taucht unter, lässt Trommel und Krone
am Teichrand und bestätigt, verschwunden, mich.

Mit trägen Blicken den Regenvorhang
zuziehen und warten. Bis Undine,
ungerufen, ihn teilt. Sie dunkelt ein,
sie hat ihre Arie vergessen: Sobald sie
singt, springen die Fische,
schwimmen die Vögel und das Wasser
sucht seinen Grund. Wohin in diesem Theater?

Träume befreien und Bilder wecken.
Häuserzeilen lesen wie Verse
und in Alleen Noten spannen:
Ich beginne in dem Kind, das
ich mir einrede, alt zu werden:
Die Welt verliert ihr Gewicht.

Wer Wolkenreitern nachruft,
traut seinem Mut nicht.
Mitten im Frühling zeichnet er
sich in ein Beet und wartet,
bis er einwächst und verschwindet.

Die Dame sang und auf die schöne Stimme
setzte sich ein Pelzchen. Wer unter-
bricht sie, hält sie auf? Es könnte sein,
ein Bote stolpert in ihr Lied
und fordert vom Theaterarzt, zum
Meister zu kommen: Bitte, er stirbt!
Die Regeln, singt die Sängerin, gestatten
es dem Doktor nicht, einfach zu gehn,
auch wenn verbürgt ist, dass unserm Meister
nach allen Noten ein letzter Satz einfiel:
»Ich hab ja schon den todten geschmack auf der zunge.«

Morgens, wenn die Gedanken noch jung sind,
wachsen die Steine und warten auf ihre Stimmen.
Die Steinhaut spannt sich und tönt
über den Tag bis in die Nacht. Ihr Gesang
ruft die Stille. Sie schafft sich
Raum, damit morgens die Steine wachsen.

Mein Stelzenläufer tritt aus der Efeuwand,
springt von Sonnenfleck zu Sonnenfleck,
weckt die Fledermäuse unter den Dächern
und erklärt den Horizont nah und niedrig.
Im Schwung verschwindet er hinter ihm
und schickt mir einen Brief: Das Land,
in dem ich wachse bis an den Rand der Wolken,
das Land, in dem die Stelzen grünen,
hat vor, mich zu vergessen.

Sterne und Erde berühren sich an einem
sprühenden Rand. Jetzt lernen Seelen
die gebundene Rede, Gedichte für die abgründige
Wahrheit, Gedichte aus verkühlten Spänen:
So weit kommt es, dass die Übriggebliebenen
miteinander tanzen und nichts von ihrem
Ende bemerken, verstrickt ins saumselige Glück.

Den Sommervokal aussenden, das I zum Beispiel:
Wiepersdorfer Gewisper zwischen Bettina und Sarah,
Spiele in der Orangerie und die Kinder springen
ins Licht. Aber es ist nicht die Stunde der Könige.
Unter Grabplatten regen sich Widersprüche
und Hintergedanken; Gewisper um den Sommervokal.

Mit meinem Garten will ich reisen, jetzt!
Anlegen will ich, getrieben von einem
sprechenden Wind, von Wörtern, die ich
wieder lerne, am Rand der Welt –
so, wie die Reisenden aus alten Berichten,
so, wie ich es als Kind glaubte.

Schlaf, mächtiger Tagteiler, wie
bin ich dir verfallen, du
sammelst ein, was ich nicht aushielt,
streckst die Schmerzen, gehst mir
auf den Grund und räumst ihn aus,
du sprichst mir nach und erfüllst,
was mich verlangt: das neue Leben.

Dein Traum hat mich aus meinem zu sich gerufen.
Ich wundere mich über die Kinderhände, die am Wegrand wachsen
Sie berühren meine Schritte, doch sie greifen mich nicht an.
Sie treiben mich durch die Räume deines Schlafs, sehr zart,
und halten, was ich gewesen bin, am Ende fest.

Konfettischauer über der lackierten Straße –
er folgt einem Rudel von Droschken, lautlose Schattenfahrt.
Der Lärm, den du denkst, vergeht hinterm Spiegel:
So, in welchem Blick – in deinem? –
endet die wunderbare Bewegung,
diese gewobene Stadtlust, dieser Vorhang vorm Gedächtnis?
Was füttert deine Sehnsucht, dort sein zu wollen? Nur dort.

(*nach einem Berlin-Bild von Lesser Ury*)

Nirgendwo ankommen. Ein Ort, überwachsen von Gerede.
Hier lassen sich Wörter schichten, bis sie sich, aufgedunsen
wie faulende Fische, als Unrat ins Irgendwo stapeln.
Wo? fragen wir, und es gelingt uns,
                    der Gegend den Himmel auszureden:
Ein bescheidener Tod, von Geist und Atem verlassen,
ein allmählich zerfallendes Gedicht.

Die Kinder spielen. Sie spielen seit je
und wiederholen sich. Was sie rufen, bleibt in Resten.
Luftwirbel. Farbige Schatten. Pfützen über Papiergesichtern.
Geschrei, das wiederkehrt in heftigen knappen Wellen:
Jetzt
Jetzt
Jetzt.

Einen Tag, einen endlosen Tag, wuchs
ich in das Gedächtnis Brodwolfs hinein,
in seine Geschöpfe, wuchs mich aus
meinem Leben hinaus, kroch in mich zusammen,
erzählte mir die erste Strophe des Mosesmärchens:
wie ich, noch vor dem Leben, um mich vor dem Leben
zu schützen, die Beine anzog, auf einem Floß
den Fluss herunterkam, ein von Gedanken pochender
Fötus, auf mich zukam, auf mein Überleben,
die Beine angezogen vorm Herzen, den Atem angehalten,
aufbewahrt in einem Traum – so begann ich,
nach dem Leben, zu leben.

Ich erzähl dir ein Märchen: einmal hielt ich
ein Pferd auf, in der Luft, mitten im Sprung,
hielt es, einen Rappen, das Pferd meiner Tochter,
denn es wollte fort mit ihr, hinaus aus meinem Leben,
über die Wolken, und drückte mit den Hufen Buch-
staben zum Abschied in meinen Weg, in unseren.

Welches Reiseziel habe ich, nachts auf den Kanälen
treibend, im Kinderland meiner Kinder? Sprich leise!
bittet meine Stimme von früher. Ich spreche und
die Nacht rahmt ein Bild: Hier hat Dürer einen Walfisch
gesehen, gezeichnet, einen Boten aus dem Meer, in Veere,
sage ich, in dieser alten Stadt, in der ihr Kinder bleibt.

Im Sommerfrost den Raupen predigen,
sie könnten den Schmetterling versäumen.
Das Ende, lautet eine Strophe der Ansprache,
erreiche sie am Beginn in der Gestalt,
die sie verlassen und vergessen wollten.
Auch Engel kennen diese Anfechtung, diese Angst.

Die Veränderungen nehmen zu: die Kinder
verzichten auf die allzu kleinen Ahornnasen.
In den Masken, die wir tauschen, klaffen Risse.
Aus den Briefen rieseln die Beteuerungen für morgen
und fallen den falschen Schwüren ins Gewicht.
Ach wie gut, dass niemand weiß, dass ich alles besser weiß.

Ich habe Herr und Hund vor die noble Fassade gestellt,
sie dem Maler überlassen und dem vergangenen Jahrhundert.
Wie sie gestorben sind, erzählt die Dame auf der Brücke,
nur werden die Silben, die sie in den Fluss streut, nicht laut.
Es könnte sein, schreiben sie ins Wasser,
sie gingen uns verloren und ohne Spur aus dem Bild.

Die Gespräche von einst, sie werden zu einem tönenden Netz,
du kannst es auswerfen und einholen, wonach
du dich sehnst: die sonnengewärmten Wörter
von der finnischen Insel, Zurufe von Boot zu Boot
und der knappe Schrei, bevor du in die Furt sinkst,
die die mitternächtliche Sonne in den See schneidet.
Es könnten im Netz
sich auch Stimmen verfangen,
denen ich verfiel.

Zwischen den Fingern Luftlippen festhalten
und sie pressen, bis sie Kirschen gleichen,
die der Maler sah, glänzend und prall –
Chardin, der seiner Tochter die Hand vor den kleinen Mund legte:
Kirschen und Gläser und Kinderlust für das ganze Gedicht.

Wenn der Wind das alte Papierschiff entdeckt,
wenn der Kapitän zwischen die Seiten gerät,
dann ruft mich der Styx an sein Ufer, um die frühen
Spiele dem Gedächtnis zu nehmen, alles Verwegene,
alle Beschwörungen, die dem Schiffchen
helfen könnten, über den Fluss zu gelangen.

Sobald die Seelenverkäufer ihre Ware aufrufen
und sichtbar machen, sobald die Seufzer ihren Wert
verlieren und die Haut um die Gefühle reißt,
werden auf den Märkten die Wörter und Bilder billiger
und den Marktschreiern geht die Zukunft aus.

Für dieses Fest treibt der Himmel den Himmel hoch:
eine Kuppel für Psalmen. Die Kinder, die Kinder
der Kinder, lernen sie auswendig, ungewohnte Tanzlieder.
Sie fassen sich an den Händen, hüpfen im Kreis
um die Alten, die selbstvergessen auf dem Rasenstück
unterm weißen Rosenstock ihre Liebe wiederholen,
weit fort von denen, die ihnen zurufen: Bleibt aber!
So viel unaufgebrauchtes Glück unterm singenden Dach,
dem verdoppelten Himmel.

(Zum 24.6.05)

Der Schatten, der mich verließ, unvermutet im finnischen
Wald und in einer Holzhütte verschwand: Er holte,
erinnere ich mich, bei einer stummen Händlerin
den Schlüssel für die kommenden Tage, überließ ihn mir
und wird dort bleiben, ich weiß es, für den Rest meiner Zeit.

Das Holz unter meiner Hand schlägt aus und redet.
Manche Wörter splittern und fahren mir unter die Haut:
Eine Totenrede für die alte Schauspielerin, die
schwer wurde von anderem Leben und wie keine andere tanzte.
Die, wenn sie sang, die Glocken mit ihrer Stimme bewegte.
Jedes Wort, das von ihr spricht, schmerzt unter der Haut.

(In Erinnerung an T. B.)

Auf dem Sand geritten, eine Legende, ein Schrei.
Das bildest du dir ein. Die Wellen kräuseln sich,
verwerfen sich im Licht, vergehen lautlos im Tal,
wo sie einen Schatten ausspannen, ein körniges Tuch,
und du verschwinden wirst, ohne Spur.

Ich fange an, Sonnenuntergänge zu zählen
und Geschichten in die Nächte zu schieben:
Wie Gesichter sich aus dem Gedächtnis schälen.
Umrisse, die sich in der Anrede füllen.
Oder wie Energien sichtbar werden, Spuren von Liebe.
Aber alle Geschichten haben ein Ende,
sie hören, geht die Sonne unter, vor mir auf.

Ankommen und wiederfinden: den Feigenbaum
am Rand der Terrasse.
Im Tal die Stadt, die in der Sonne atmet, sich dem fragenden
Blick entgegenwölbt, schon ein Bild für die Erinnerung.
Die Stimmen der beiden Frauen hinterm Fenster –
gleich werden sie zu Tisch rufen. Der alte Hund holt uns
und taumelt uns mit ein paar Schritten voraus
in seinen von Licht und Schatten geteilten Schlaf.

Das Binsenboot von ehedem, ich hab's auf einen Vers
gesetzt, damit es nicht untergehe.
Nun nahm es mich auf für eine Frist, in der
die schönen Sätze ihren Grund verloren
und ich hinauswuchs über seinen Schutz.

In diesem Sommer übernehmen die Kinder alle
unsere Feste. und Geschrei kündigt unsere Verwirrungen
an: die Aufbrüche, die Ankünfte, die Unwetter.
die den Hintergrund schwärzen. Abends gehören die Lichter
hinter den Fenstern ihnen, in Bögen und Haken
schreiben sie die Spur ihrer Spiele nach:
Was nach uns kommt, sollt ihr nicht wissen.

Querschläger teilen den Schlaf, Leuchtspuren.
Du spürst von Neuem: Die Angst legt sich
auf die Gegend – ist es deine? –, nimmt ihr
den Atem. Blei und Blut füllen dir den Mund.
Du sprichst sie aus. Solange der Krieg,
der dauernde Krieg, deinen Schlaf besetzt hält.

Dort, wo die Windsbraut zur Wetterhex wird,
glühend unter schwarzen Wolken,
dort, wo ich das Kind stehen ließ, das
ich gewesen bin, dort baut Frater Cosmas
seine Gärten auf Terrassen, beseelt
die Kräuter, spricht die Blüten an und
erklärt dem Kind den Rest seines Lebens.

Der Engel mit dem goldenen Bischofsstab,
vor Ewigkeiten in den Stein gewachsen –
er träumt vom Fliegen, vom Wind im Gefieder, träumt,
dass ihm der Leib in der Sonne schwillt, der
Steinleib, und träumt davon, einen Schatten zu werfen,
breit und lang wie der Turm, der ihn gefangen hält.

Von einem Garten zum andern,
gehütet und bunt geflochten von alten Frauen;
ihre Einsamkeit legt im Gestrüpp Lichtungen aus.
Manchmal singen sie, um die Blüten zu füllen.
Neben seinen Schatten betteten sie den mürben
Fliederbaum auf Stelzen: Er hört nicht auf zu blühen.

In den Beinhäusern warten die eingemauerten Reden,
laut zu werden. Sie könnten die Schweigenden
aufbringen. Nichts hebt die kleine Stadt wüster
aus den Angeln als ihre wiederholte Wirklichkeit.
Auch wenn der Sonntagsprediger dem murmelnden
Karner mit starken Wörtern widerspricht:
Barmherzigkeit und Frieden

Spurlos verschwand der alte Gärtner. Er hatte
Bücher gesammelt, schlechte Nachrichten und Brandspuren.
Immer noch wird er erwartet. Sein Ruf, heißt es,
sei erneuerbar und seine Unrast fehle.
Er brachte den Pflanzen bei, in Steinen zu wurzeln.
Als er aber über den See ging, riss dessen Haut.

So tief die Jahre hinunter, bis du beim Krieg
ankommst: dort wartet die Schwester auf dich in der Toreinfahrt,
den Fuß auf dem Wagenstein. Auf dem saßest du im Sommer,
den Rücken gegen die kühle Mauer: Die Soldaten sangen im Hof
und machten den Frauen Angst. Jetzt steht die Schwester
wieder hier, schaut dir nach und ruft so leise,
dass du sie erst nach Jahren hörst.

Komm, ruft die Schwermut dem Leichtsinn zu, wir gehen
Gedächtnislücken einsammeln, verwüstete und verlassene Orte,
Räume, in die das Schweigen zog, Plätze, die das Vergessen
geräumt hat. Bleib, rät die Schwermut dem Leichtsinn,
bleib und nimm zurück, was verloren ging,
bis ich dich von Neuem rufen kann.

Schlafmohn. Mohnschlaf. Das könnte meine Gegend sein.
Hier blüht er nicht nur rot, er blüht weiß und
in einem vom Wind verwehten Rosa. Süßgemahlen,
süßgestampft. In Teig gewickelt und eingeschlagen.
Unerwartet, ich bin sicher, wird eine Kundige
aus dem Wald kommen,
mir Mohn auf die Lippen streichen und warten,
bis die Haut schwarzes Fell austreibt und ich
schlafend über die Grenze treibe, frei von Träumen,
hinüber in den Mohnschlaf, den Katzentod.

Die Abstände zu den Redenden nehmen zu. Ich schleppe
die Stille mit. Sie treibt zurück, was laut wird.
Der Schmerz, den ich verabscheue, hüpft mir
um einen Herzschlag voraus. Jeglicher Nähe ledig,
suche ich mir Bilder. Sie wiederholen mich
und betten sich in meinem fliehenden Schatten:
die Masken Giacomettis, die ihm sein Bruder abnahm
wie die Mühsal; das sterbende Fleisch der Mädchen Schieles.
Davon habe ich geredet mit den Redenden.
Jetzt aber
nicht mehr.

Meine alte Liebe bettet sich auf wärmender
Nachrede. Großmütig verabschiedet sie alle
Erwartungen. Mürbe ist ihre Haut geworden.
Aber Lippen und Fingerkuppen rufen wach,
wovon wir lebten. Komm, Liebe, rede ich in ihre Ruhe,
jetzt beginnt wunderbar, was mit uns enden könnte.

»Sonnenflecken«, schrieb er und rief sie sich auf die Haut,
sie sanken ein, bekamen einen Schattenrand.
Wie die Sätze, die er aufeinanderschichtete,
immerfort sich widerrufend, ergänzend, verbessernd –
Sonnenflecken, Wörtertürme unter der Haut,
er spürt sie, sie platzen gleich Pusteln, wenn er schreit.

Der Strand, ein Streifen Sand, über
den die Kinder liefen, Liebermann
hat ihn in ein anderes Licht gesetzt,
die Damen, die er spazieren schickt,
werden von den Kindern umgerannt,
sie sind auf dem Weg zum roten Haus
auf den Dünen, dort, wo es Pommes in Tüten gibt.

An diesem Nachmittag singt Paris mit der Stimme
einer Frau. Sie stammt aus Brünn, lese ich,
und ich schicke sie in das alte Theater,
in dem ich mit den Eltern eine Operette hörte, verwirrt
von den herausfordernd aufgeputzten Damen,
die mir in den Traum nachstellten. Anders
als Paris, der von seiner Stimme verlassen wird,
mit der ich die Erinnerung an ihre Stadt teile.

Sie legte eine Lunte bis zum Horizont.
Das Land teilte sich noch einmal in Furcht und Bewunderung.
Sie trieb die Engel vor sich her und schwärzte sie
bei ihrem Hirten an, in Gedichten, die sie zwischen Rinde
und Stamm polnischer Bäume redete. Schön spiegelte
sie sich in ihrem Zorn; ihr Leben ersann sie als Wildnis.
Sie vertauschte, um die Zeit zu täuschen, die Jahreszeiten
und krümmte sich in ihrer Liebe. Alt und satt von Bildern
wartet sie in ihrem Wald auf Post, die sie ohne Antwort lässt.

(H. N. zum Siebzigsten)

Der kleine Mann verabschiedete sich, setzte
den Hut auf und verließ das Hotel Mayflower.
Er hatte uns an diesem Abend das Nachleben
beigebracht, nicht das Überleben: Die Jahre hier
verbrachte ich in der Oper, dressierte Stimmen und Personen.
Zwischen den Sätzen summte er Arien. Ich brauche sie,
erklärte er, für die Nacht, für den Schlaf,
in dem ich mein Leben wiederhole. Der kleine Mann
verabschiedete sich, verschwand in der Finsternis,
nahm seine Schritte mit und ließ einen Satz zurück:
Für die New Yorker bin ich so alt wie Europa.

Die alten Briefe, im Stapel vergilbt, schweigen;
ich höre die Stimmen ihrer Absender nicht mehr.
Ab und zu, wenn ich die Blätter neu schichte, werden
einzelne Stimmen laut und suchen ihre Gestalt:
Bleibt, sage ich aufs Papier, bleibt und geht dann mit mir.

Deinen Schatten hast du auf dem Rasen hinterlassen,
bis er eindunkelte und zur Erinnerung wurde.
Zwischen Heil und Unheil führt ein schmaler Pfad.
Du bist im Garten gewesen, weiß das Gedicht:
Sie haben nach dir gefragt, noch vor den letzten Kriegen.
Die Kinder aber verbrauchten spielend deine stumme Anwesenheit.

Der Sommerfrost greift die Buchstaben an.
Sie beben und ziehen sich zusammen.
Sie werden schwer auf den Linien
und finden keinen Halt in den Wörtern.
Sie fliehen unter meinen Augen,
verschwinden im Papier, ausgekühlt und krank.

Ich sehne mich nach den Abenden von Saint Père.
Den abendlichen Treffen auf der Terrasse,
nach der Sprachlosigkeit zwischen den Sprachen,
den buchstabierten Fragmenten von Goethe und Racine.
Vom Lavendelduft betäubt, sitzen die Kinder an der
warmen Hauswand und warten auf den Erzähler,
auf die Geschichte, die ihre Träume eröffnen wird.
Mademoiselle Binouf begleitet die Fledermäuse,
die in waghalsigen Winkeln und Bögen Stücke
aus der Nacht schneiden, mit seit Jahren erprobten
Verfluchungen. André und Suzanne, die Alten,
die uns streitend belebten, Kinder und Hummer
mit ihrem Zauber zähmten, haben uns schon lang verlassen.

(für K. und F.)

Hoch überm See liefen die Freunde des Dichters
durch die Weinberge, in einem selbstvergessenen Slalom,
riefen sich seine Verse zu und verstreuten seine Asche.
Er starb in den Armen seiner Liebsten und
wünschte sich, in Erde und Wein aufzugehen,
berauscht vom Abschied und gelungenen letzten Worten.

Mit einem Brief von der Insel ruft Hannah mich
an den Himmelsrand, sie sieht mich in der Ferne
neben einem Schiff und einer Wolke, dort fällt
es mir schwer, die Balance zu halten und nicht
hinter die Scheibe zu fallen. Sie lud mich ein:
Komm, Opa, schrieb sie. Ich floh an den Rand,
um ihren Traum zu besetzen, ihre Sehnsucht zu schüren.

Wieder steigt das schwarze Blut hinter die Stirn
und jede Helligkeit wird falsch gedacht sein. Die
Depressionen beginnen mit dem Hall zu spielen:
Wie heißen, fragst du Richard Löwenherz, alle
Donauweibchen und wie der Sänger, der nur dein
Lied kannte? Du wartest auf den Augenblick,
dass das Meer kommt und den Fluss dunkel färbt.

Für Samuel: Du kamst zu früh auf die Welt
und auf dich wartete ein Name, alt wie die Schrift.
Du wirst wachsen, in ihn hineinwachsen und wachsen
von Kleid zu Kleid, »dazu machte ihm seine Mutter
ein kleines Oberkleid und brachte es ihm Jahr für Jahr«.
Er wird zunehmen, heißt es, an Alter und Gunst
bei Gott und bei den Menschen. Ich wärme dieses
Gedicht für Samuel, einen meiner Enkel, und warte
auf die Strophen, die folgen, offen für seine Erwartung.

Verwirrt schichten die Jahreszeiten die Schatten neu –
Palimpseste für die Erinnerung. Welche Schicht
für den Sommer? Er schickt aus Odessa alle Geiger,
die in meinem Jahr unterwegs sind, ihre Kadenzen hinterlassend:
für welche Jahreszeit? Für die, in der es Odessa gibt?

Von wo ich komme: Auf den Felsen im Michaelerausfall
kleben Bubenbilder. Aus dem nahen Schwimmbad holen
sie sich ihre Stimmen. Vater wechselte die Sprachen,
Tschechisch und Deutsch. Schnittmengen für Recht und Sympathie.
Nichts ist leichter, als einen Schatten zu wenden,
bis er sich im Licht auflöst. Das Wasser der March
tritt über die Ufer, überschwemmt mein Gedächtnis
und die Buben auf den Bildern verlieren ihre Namen.

Auf Reisen lasse ich mich manchmal zurück.
Ich bin mir nicht sicher, an wen ich mich halten soll,
laufe mir nach, damit ich mir nicht entgehe,
lebe mein Echo und erschrecke dennoch,
wenn ich mich unversehens verlasse, am Ende verschwinde.

VARIATIONEN ZU BRAHMS

für Elisabeth Leonskaja

1.

»Fliegt er hoch – oder nur unter Blumen?«
Wer ruft ihm so nach? Er sei der Letzte,
behauptet er, ein Schlusspunkt. Größe nach
den Größen. Manche seiner Lieder können
platt werden, wenn er sich an die Kinderstadt
erinnert, an dünne Mädchenstimmen. Er liebte,
was dem Melancholiker genügt: Noten, Flimmerhaare für Tränen.

2.

Strohblumen vor der Tür und die prächtigen
Empfangsräume großer Hotels: Hier können
Büsten aufgestellt werden von berühmten
Gästen. An dem viel zu kleinen Sekretär schreibt er,
beobachtet von allen, Briefe an Clara und für später.

Der Schwalbenflug im Hof unterbricht seine Spaziergänge.
Er hält an, ihnen nachzuschauen: Achachach.
In Sechzehnteln der Herzschlag, die Vogelherzen
zu rasch für seine Kunst. Ein paar Triller im Nachmittagsprogramm.

3.

Das lässt sich spielen zwischen heftigen Quinten:
Immer hat das Kind Höhlen gebaut: unter Tischen,
aus Mänteln, unter Wurzeln, in Hecken. Da drinnen,
der Junge, der Knabe, hast du ihn singen gehört?

Schön sei er, betonen die Freunde. Warum verschanzt
er sich hinterm Klavier? Stockend erzählt er von früher,
vom Vater, der wunderbaren Musik, die ans Herz greift,
auf Dreivierteln, findet er, lässt es sich ruhn.

4.
Der junge Herr, der den Alten in Wiesbaden vertrat, starb
in diesem hellen Haus auf dem Berg, in dem die zur Musik
Geladenen Gespräche gegen den Tag führten. Ganz ohne Mühe
merkten sich die Kinder die schwierigsten Tonfolgen.

KommKomm! ruft ein dicker Vogel auf dem toten Baum:
Wer weiß, womit ein Intermezzo beginnt? Der Schatten
der schönen Frau versickert im Rasen, ohne Rand.
Jetzt spielt der Alte das Klavier. Und hört sich zu.

Bleib! fleht der junge Herr, und kann nicht bleiben.

Fenstergedichte

Fenstergedichte – so bezeichnet sie die Literaturwissenschaftlerin Ute Oelmann – schrieb Friedrich Hölderlin im Turm über dem Neckar. Der umgrenzte Blick hinaus auf den Fluss suchte nach den wandelbaren Bildern der Erinnerung. Sie manifestierten sich in den Jahreszeiten.
Das Fenster trennt und verbindet Drinnen und Draußen.
Aus diesem Widerspruch entsteht Spannung. Wer sich zu Fenstergedichten entschließt, kann oder will nicht mehr hinaus. Da er das Draußen fürchtet und gleichermaßen überschätzt, entwirft er Wunsch- und Erinnerungsbilder, Projektionen einer Entfernung, die wunderbare Ferne bedeutet. Das Fenster verbindet sich mit dem inneren Auge.
Gottfried Kellers »Abendlied« zählt zu den Gedichten, die ich brauche: »Augen, meine lieben Fensterlein,/ Gebt mir schon so lange holden Schein,/ Lasset freundlich Bild um Bild herein:/ Einmal werdet ihr verdunkelt sein!« In den beiden folgenden Strophen gehen die Bilder dem Blick verloren. In der vierten und letzten jedoch triumphiert der einsammelnde, hungrige Geist mit einer Arie, die mir die Fenstergedichte begründet:

»Doch noch wandl ich auf dem Abendfeld,
Nur dem sinkenden Gestirn gesellt;
Trinkt, o Augen, was die Wimper hält,
Von dem goldnen Überfluss der Welt!«

Ein Überfluss, der im Erinnern gesehn und zur Sprache wird, der draußen bleibt und drinnen bereichert. Fensterbilder. Fenstergedichte.

Peter Härtling

Von einem Kind geschrieben der Horizont,
mit Wimpeln geschmückt und leuchtenden Buchstaben.
Leicht können ihn Blicke bewegen,
herein und hinaus.
Aber dass die Töne fehlen, schmerzt.

Nacht, ausgegossen und fest im Rahmen:
dieses dauerhafte Gift, das Träume aufschwemmt.
Leiber werden sichtbar, helle Schlieren
oder ebendiese anderen Erwartungen früher Jahre.
Komm auf mich und lehre mich atmen.
Welches Gift, farblos in der Finsternis
vorm geschlossenen Fenster. Jetzt bist du sicher.

Ich und ich, getrennt durchs Fenster,
ein Spiegel, der nur mich aufnimmt
und alles, was mein Blick anzieht,
hervorholt aus der abgelebten Welt,
die Bilder von gestern, unversehens
mächtig für das Ich vor dem Ich.
Bleib weg! rede ich gegen die Scheibe.

Weit draußen die Linien, die ich
Jahr für Jahr auswendig lernte, des Lebens.
Eine Gegend, die zurückweicht, oft
nur zaghaft angesprochen.
Doch steigen die Berge über den Rahmen,
grün und steinern, und der oft besprochene
Fluss wird dem Blick aus dem Fenster zum Pegel.

Jetzt drückt es heftig gegen die Scheibe,
Schwemmland, Kadaverland. Was soll ich
dir, tragt der von Draußen, von
deinen Fluchten erzählen? Red, Elend,
red. Lies die Knöchelchen auf. Die Eile
hat die Namen alle ausgewaschen.

Der auf dem einen Bein, draußen,
kein Vogel, kein Mensch, ein Gedanke,
der ins Schweben geriet. Zieht er
das zweite Bein ein, weicht die Wirklichkeit
aus der Gegend vor dem Fenster,
und das alte Spiel kehrt zurück:
der Sprung vom Himmel in die Hölle
und von der Hölle in den Himmel auch.

Dem raschen Wechsel der Jahreszeiten zuschaun,
Wasserfarben, die ineinander fließen.
Nur ein paar Umrisse von Blättern,
geschälter Rinde und Steinen: Attrappen,
die von einer Strömung bewegt werden:
dem Fluss, der friert und taut.

Die Stimme wird es immer sein, diese Stimme,
die meine Gegend draußen verklärt, körperlos:
unvorbereitet hörte ich sie und verfiel ihr gleich.
Nun denke ich sie mir singend hinaus und sehe zu,
wie sie Alleen vor sich hertreibt
und dem Mond das Licht raubt, das sich zum Platz
weitet, eine Rotunde, auf der die eilenden Bäume,
die Licht versessenen Chausseen sich treffen und ordnen.

Manchmal hält vor dem Fenster ein Schiff an,
so, wie ich es als Kind erwartungsvoll malte:
Vögel lassen sich auf ihm nieder: keine Möwen,
aber Kraniche, Störche und Zaunkönige. Passagiere und
Besatzung erscheinen nicht. Unendlich langsam bewegt
es sich, und seine Namen wechseln: Rurik, Vailima,
Saint-Antoine, Narcissus und Tilkhurst kann ich
lesen, Namen aus Geschichten, und ich beginne
dem Schiff zu erzählen, woher es kommt. Aus
der Gegend, sage ich, wo die Erinnerung in
der Tiefe verschwindet, hinterm Horizont, unten im Meer.
Wo Sätze sich verknoten. Alle Wörter und Namen
treiben das Schiff über den Rahmen hinaus.

Der Schnee schließt mir das Fenster,
überrascht mich und nimmt mir den Blick.
Ein weißer Vorhang, die Poren aus Kristall,
eine Jalousie, auf die ich Wunschbilder denke,
ein Greis, der sich die Jahre zurückzählt –
bald wird das Kind draußen zu erkennen sein,
wenn der Tag den Vorhang wärmt, er, nach allem Glanz,
reißt und in Fetzen sinkt.

Wann wird der aus dem Spiegel verschwinden? frage ich mich,
Eine Seele aus Glas, die ihre Fassung verliert,
ein Rest von Musik, ein eben noch erinnertes Lied:
Ich warte, bis ein schwarzer Vorhang sich zwischen
Drinnen und Draußen senkt, frei von jedem Spiegelbild;
diese eine Nacht, die mich erwartet,
dieses eine Lied, das ihr vorausweht, das mich aufnimmt,
mich im Fenster, eine Strophe, ein Seufzer, nicht mehr.

Es sind die Kraniche aus dem Gedicht, ich höre sie
zweistimmig, sie zeichnen sich ins Fenster,
schwingende Schatten im Glas und ein paar Zeilen aus dem Gedächtnis:
Ich liege neben dir und warte auf den Anfang
des Lieds. Du hältst den Atem an. Und ich,
ich hebe die Stille auf: Die Kraniche da oben,
sage ich. Du wiederholst. Anders. Mit der Stimme
des Mädchens, das einst die Flugspur nachredete, erwartungsvoll.

Köchelverzeichnis 545, zweiter Satz, entfernt gespielt
auf einem unsichtbaren Klavier: so, als habe Mozart
sich an sich erinnert, selbstversunken – ein Arioso
für Engel, die ihn unterwegs streiften,
gesungene Wesen. Begierig, ihnen nahe zu sein,
öffne ich das Fenster, nur dieses eine Mal.

Ungerufen geraten sie in den Blick, füllen wechselnd das Fenster:
Bahnhöfe, Schuppen, Wasserpumpen, schwebende Geleise –
Orte, die uns das Warten lehren, an denen
Kriege enden und Fluchten scheitern. Nur die Ausdauer
gilt noch, die einen Bahnhof nach dem andern hinter sich lässt,
sie bestimmt die Ankünfte, hier, in dieser Wüstenei,
in der Erwartungen und Ängste wuchern, wie Unkraut blühen.

Der Sturm brach die Weide vor seinem Fenster.
Jetzt gehe ich hin, tausche die Ausblicke und
rede ihm nach. Mit dem hellen verletzbaren Grün beginnt
das Jahr, den Sprossen, die in die Hand hineinwachsen,
und hernach die in Farben lastende Herbsttrauer. In
ihrem Schutz spielt ein Kind mit einem tönernen
Pferd. Hussa, schreit es, und seine Stimme steigt den Baum
hoch, bis unters Fenster, damit du es vor dir siehst,
klein und verschwitzt, mit rollenden Augen und hochgerissenen Armen.

Der Tag zieht allmählich den Vorhang zu.
Übrig bleibt ein Streifen schwebendes Licht.
Stimmen werden laut, mischen sich ein ins Selbstgespräch,
Erinnerungen, die ich vor Jahren erwartete.
Manchmal rufen sie und kehren als Schatten zurück.
Ich könnte sie bitten zu bleiben, anzuhalten
vor den Jahren, die wir längst teilen, vor der Erwartung,
vor dem Kinderfenster.

Ein letztes Mal der gefiederte Schatten meines Engels.
Das alte Licht wirft ihn herein, ich ziehe ihn
über mich, unvorbereitet, und werde zu seiner Antwort:
Ich höre auf zu atmen unter der Last seiner Flügel.

Draußen, jahrweit draußen, haben wir ein Zelt
für unsere Kinderliebe aufgeschlagen. Ein See spiegelt
die Verse, die ich für dich wählte. Sie wussten von der Liebe,
was wir nicht wussten. Doch mit Jahren wuchs sie uns
unter die Haut. Ich sehe uns schwimmen im See von ehedem,
zwei Greisenköpfe zwischen Rosen. Nahe, mit einem Mal nahe
redet die Liebe, in einer Sprache, die wir für uns lernten.

Noch immer wandern, draußen, die Gärten vorüber,
ich bin unersättlich, sie in meiner Erinnerung
zu entdecken; die Kiesel unter den Kinderfüßen,
sie schmerzen. Ich höre meine Mutter dieses Paradies
rühmen. Es fällt mir schwer, neben ihr zu bleiben.
Warum machst du dich so schwer, Kind? Bis die andern
Gärten erscheinen, Verwilderungen über die Jahre, umgeben
von grauen Fassaden, als Vorbereitungen für Verschläge,
in denen sich Geheimnisse ablagern, auch ein paar Schwüre,
die Zukunft versprechen. Und der Garten, zuletzt, in dem
ich den Ginkgo setzte. Jetzt, jetzt schüttet er seinen
Goldsegen über mich.

Der Ahornherbst verspätet sich in diesem Jahr,
längst müssten die gefiederten Blätter brennen,
rot, durchscheinend und das Geäder dunkel eingeschrieben.
Der Baum hat, weil er sich gegen das Licht strecken
musste, umgeben von höheren und älteren Gewächsen, das Gedächtnis
verloren, ist aus seiner Zeit geraten, die auch meine ist.
Mit ihm habe ich auf den spät glühenden Herbst gewartet.

Die Scheiben laufen an, blind gerieben
von Kälte und Wärme. Die Schemen draußen
nenne ich bei ihren Namen und überlasse es
dem Zufall, ob er trifft, denn sie gehen
für den Fensterblinden von einer Geschichte in die andere auf.

Draußen kannst du zum Baum werden, dir
wie ein König die Krone aufsetzen, dich
im Stamm wärmen und mit Ästen dich dehnen.
Du kannst den Wind rufen, ihm widerstehen, mit ihm
singen. Du kannst einen Schatten werfen:
Wir suchen ihn, nehmen Platz und reden mit dir.

Ich denke mir das Boot aus,
in dem ich vorm Fenster vorbeikomme,
ich winke mir zu und staune, wie das Boot
den Fluss teilt in Damals und Jetzt.
Geliebte Wörter bevölkern die Ufer
und wiegen sich in den Weiden: Lauter
Sätze, mit denen wir uns damals überraschten.

Ich kann dem Wolkenverteiler draußen
mit der Nacht die Laune verderben.
Er ist, ich spürs, reif für ein Märchen,
das in den Tag gehört, in einen Kindermund.
Welche Wolke kennst du bei ihrem Namen?
frage ich, fragt er. Ich sehe sie ziehen,
draußen, Schäfchen und Cumuli. Manche
reisen mit Blitzen und machen den Kindern Angst.

Aus dem Abgrund steigt der Fels,
Spuren trägt er für kundige Leser:
die Schritte der Fischer, der Jäger,
den Steinhunger der Bäche, den Biss
des Wintereises. Da reisen die hoffenden Kinder
auf dem steinernen Schiff. Du hörst ihr Gelächter,
sie spielen die Anfänge nach und hören nicht auf.
Sie warten auf den Anflug von Träumen.
Ihr Glück wärmt den Stein und sucht Stimmen.
Das Schiff legt ab. Vergesst den Himmel nicht!

(für Uwe Zellmer zum Sechzigsten)

Fotos aufgespannt, draußen vorm Horizont,
Transparente fürs Erinnern. Alle Gesichter aber
fremd und entrückt: der Bubenkopf; der des
jungen Mannes, vom Nachkriegsstaub grau.
Welche Gedanken bewegen die Bilder, welche
Bilder? Was weiß ich von mir? Was traue ich mir zu?
Nehme ich Sätze mit? Wohin? Wie lange
halten sie? Bis zum letzten Bild?

Schläfer treiben vorüber, leicht und mit Gliedern aus Flaum.
Sie kommen, denke ich mir, aus einer unglücklichen Gegend.
Ihr Schlaf nimmt mich ein, und ich gerate in ihre Träume.
Einer der Schläfer, das Gesicht blass und platt von
allzu großer Eile, hält im Fenster an und löst sich
in der treibenden Luft auf. Sein Schlaf hat keinen Rand.

Das Kind, auf das ich schon lange warte, das Kind,
das mir mein Alter verleiht, kommt und redet in einer
Sprache, die ich nicht verstehe, kein Wort, keinen
Satz. Es begnügt sich, mit seinen Wörtern allein zu sein,
freut sich an ihnen, putzt und wiederholt Silben
und breitet eine Wiese aus, in die es Wörter sät.
Mit kleinen Schritten hüpft es zwischen ihnen, die aus
dem Grün sprießen, bunt und biegsam, mit Hüten und weiten
Ärmeln: Sie beginnen die Rede des Kinds zu übersetzen
und bereiten mich, der ich zu lange wartete, auf meine neue Sprache vor.

Manchmal habe ich sie zählen können: Atemzüge, fein
geschliffen ins Glas. Eine genauere Lebensschrift, ohne
Buchstaben, in Schwüngen und Serifen, Vorlage für
Unruhen, fliehende Gedanken und alle Arten von Depression.
Wer atmet dort? frage ich, mich im Fenster spiegelnd.
Wessen Annäherung in Zeichen könnte ich ertragen? – eine
Hypnose, aus der ich erwache mit dem Atem eines andern.

Ich bin tot, ruft das Kind über den Fluss,
der eben plötzlich die Ufer wechselte.
Sag es allen! ruft das Kind und verschwindet
zwischen den Weiden. Allen? frage ich gegen das Glas,
das blind wird von meinem Atem. Allen!
Mir und mir? frage ich und sage dem Kind sein Grab.

Der alte Mann, den ich hinausgeschickt habe, ist der Gegend
nicht gewachsen. Sie schließt ihn ein, hält ihn auf.
Es drängt ihn, die Ebene zu weiten für den Atem,
der ihm ausging – keine lastenden Berge, keine Mauern,
künstlich und gemein gezogen. Eher ein offener Traum,
eine verschiebbare Kulisse und der langsame, seine Schritte
bestimmende Satz eines Streichquartetts.

Ich kann die Stadt erkennen, die mich aufgab,
unter einem schwarzen Wolkenband. Dort
habe ich ein Leben begonnen, voraus erzählt
von einer gleichmütigen Stimme, bis der Himmel
anfing zu brennen und Ruß sich auf die Zunge
legte. Ich ging ein. Ich ging fort. Doch immer
von Neuem baut die Stadt sich draußen auf, diese
erfahrene Bedrohung, dieser lebenslange Schrecken.

Zieh dir die Haut über und warte, bis vorm Glas
die ausgesandten Gespenster sich häuten. Denke aber
an keinen Austausch, denn die Geschichten, die dich
kränkten und plötzlich mit anderen Namen auftrumpften,
die Geschichten, halblaut gesprochen, sparen dich
längst aus: Du hörst sie draußen reden, in einer Sprache,
die dir unter die Haut geht, lauter fremde Blutgerinnsel.

Das Blau wird fest, atmender Stein, ich hab
mit ihm geredet: In Kinderschuhen stieg ich hinauf
zur Burg und rief den Schatten im Verlies,
so wie ich es gelesen hatte. Doch vorher wütete
ein Winzer über die Gräser zwischen den Rebstöcken,
trieb mich davon, als hätte ich sie ausgesät.
Ich lachte, lachte und hörte das Gelächter der Kinder
aus dem Schwimmbad am Fuß des Bergs.

Feierlich erklimmt der Wacholder den Hang.
Wer ihm vertraut ist, hört ihn atmen. Greisenatem,
satt vom Gin und anfällig für Nachmittagsflammen.
Jetzt stellt sich ihnen endlich einer in den Weg,
hält sie auf und schont sie in ihrem Rausch, er könnte
ein Engel sein, ein Wesen aus Schnee und Licht.

Schon im März kannst du die Apfelbäume
zwischen Dorf und Berg singen hören: leise und trunken
von Erwartung. Manchmal gehen Bräute zwischen
Stämmen und zählen die Blüten, die es regnet:
Sterntropfen, weiß mit einem goldenen Kern.

In die Stille, das Warten, den angehaltenen Atem dringen
Geräusche von draußen, auch Pausen – die Gegenstille,
auf die ich warte, angespannt, um sie mit einem Satz
zu überbrücken: Vergesst mich, Kinder! rief der drinnen, und
ich ducke mich unter den Wörtern, frage ihn: Warum endet
dein Brief an die Freunde mit diesem gestammelten Vers? Warum?

Die Amseln legen auf grünem Teppich ihr Morgenmuster aus.
Ich bin wach geworden an ihrem Geschrei. Das fließende
Licht treibt sie zusammen, zu einem schwarzen Knoten, in dem
Herzen schlagen, ich sehe ihnen zu, kann sie spüren.
Bis dir der Tag gelingt, sage ich mir, wirst du atmen
lernen wie die Vögel im Pulk, einer mit dem andern,
den Atem tauschen, Herzschlag für Herzschlag, nur
musst du hinaus ins Grün stürzen und auf den nächsten
Morgen warten. Warten, bis die Nacht ein Muster hinterlässt,
genau gezeichnet nach dem Gedächtnis der Amseln.

Ich habe mir für den Nachmittag eine Montgolfière
ins Fenster gewünscht. Sie kommt aus einem alten Himmel.
Ein Wind, den ich nicht verlangt hatte, treibt sie
über den Fensterrand. Sie verschwindet lautlos. Und ich
beginne die unsichtbar gebliebene Gondel in Gedanken
zu besetzen: mit Personen, die in endlosen Gesprächen
sich an die Wunder des alten Himmel erinnern.

Halbherzig – ein Wort für Doppelfenster, zwischen die
Scheiben gesprochen. Dort bleibt es, trockengeädert, nichts
für Wahrheiten draußen, für Wirklichkeiten drinnen.
Dieses halbierte Leben, immer mit angehaltenem Atem angeschaut,
angeredet mit einer Stimme, die sich nicht hören kann.

Der Märchenmann im Fensterkreuz wartet seit Ewigkeiten,
wartet darauf, gerufen zu werden, erzählt zu werden
mit dem einen erlösenden Satz, der von drinnen und draußen
gilt, denn längst ist er ein Schatten seiner selbst,
in die Scheibe eingelassen, dünn und schlierengrau,
mein Märchenmann im Fensterkreuz, einem alten Buch entkommen,
verwegen geschmückt mit einem Glycinienhut.

Die mährischen Szenen, draußen, vor langer Zeit:
Auf einer Mauer, die den trägen Fluss säumt, liegen
und spüren, wie der Stein den Bauch wärmt.
Jetzt können die Libellenrudel erscheinen, die sich
später auf den Feldern in Drachen verwandeln, hoch überm Kloster.
Ich kann singen, ruft ein Mädchen und läuft seiner Stimme
hinterher: So vollkommen sind Märchen. Ein Mönch entschließt
sich zu fliegen und prüft den Himmel. Der Schnitter, der
zu Mittag aus der Rathausuhr tritt, springt über
auf den Horizont, auf das größere Zifferblatt.

Er sah, als er Klavier spielte, zum Beispiel seine ›Gnossiennes‹,
um sich für den Morgen zu wappnen, sah vorm Fenster
tanzende Spazierstöcke und nach seinem Takt springende Stiefel,
sah den Morgen hell werden und eine Spur auf Brummkreiseln
hinterlassen, sah, wie seine Allerliebste, ohne sich zu verabschieden,
aus dem Fenster sprang, hörte, dass sein Klavier ohne ihn
weiterspielte, und unterzeichnete das übrig gebliebene Notenblatt:
Satie.

Einer, der schon länger vorbeikommt, wirft
den Hut über den Fensterrand hinaus und wartet,
den Kopf im Nacken, bis der Hut nicht mehr zurückfällt.
Ich winke dem Mann zu. Er geht hutlos. Und ich frage mich,
wo nach all den Tagen die Hüte sich gesammelt haben.
Kann es sein, dass ich Zauber mit Schwindel verwechsle?

Masken gleiten vorüber. Sie kommen aus
Bildern und suchen nach ihren Gesichtern.
Schrecklich sind sie, denn sie werden nicht alt,
bleiben nicht jung. Sie halten an Gefühlen fest, erstarren
im Weinen, im Gelächter. Stimmen verstummen
in ihnen. Wer sie aufsetzt, bevor sie mir erscheinen,
geht ihnen verloren. Es sei, ich wüsste ihre Geschichte.

Komm zu mir nach Buchara, lockt draußen eine Stimme,
hell und schwingend, folge mir ins Teppichland:
Auf einem Teppich kommt die Schöne geflogen. Ich schenke
ihr kaum einen Blick, denn sie könnte jäh verschwinden
aus meiner Aussicht. Buchara, rufe ich ihr nach,
Buchara ist ein rotes Wort, dunkelrot, in ihm beben
schwarze Rauten, die eingewobnen Herzen der Märchen.
Bis Aladin ins Bild stürzt und der Rahmen Feuer fängt.

Die neuesten Botschaften krümmen sich auf der Fensterbank –
wie böse Zungen, schwarzgeädert, rollen sie sich ein.
Es könnten, vor dem Ersticken, lauter letzte Sätze werden:
eine Kette verwüsteter Verse, vergessener Wörter.
Ein Dichter schrieb mir auf die Stirn, es ist ein Leben her:
»La tristesse rembourse«. Es könnte heißen: Depression zahlt sich aus.
Ich warte, bis einer das ungeschriebene Buch auf die Fensterbank legt.

Nur nachts erwacht das Fenster gegenüber. In seinem Licht
spielen die Schatten, was ich nacherzählen kann:
Figuren, die ihren Körper vergessen haben, die ineinander aufgehen,
vereint in der Helligkeit gleiten.
Szenen, die längst dem Leben verloren gingen, nachgestellte
Wirklichkeiten, platte Wahrheiten, die ich vergesse,
sobald im Fenster gegenüber das Licht erlischt.

Jetzt ist Sommer. Die Stadt verschwindet hinter
einer Sonnenjalousie. Libellen reiten sich aus Liebe
zu Tode. Ich atme spärlich und wehre mich gegen
das Gedächtnis meiner Haut. Der Schweiß der alten
Liebe sammelt sich in den Poren. Das Lied, das
ich für den Sommer lernte, findet kein Ende. Ich lausche
ihm nach, geblendet vom Abendlicht: Ich hab im Traum geweinet.

Die ehedem Vertrauten gehen vorüber, gehen und fallen
über den Rand. Feierlich ziehen sie Spruchbänder hinter
sich her. Ich habe sie auswendig gelernt: Keine Furcht
der Erde. Mantelvertraut. Solange ein Gespräch wir sind.
Mein Land, das ferne leuchtet. Ich rede die Sätze mir ein.
Ich rede sie mir aus. Ihre Prozession kann ich nicht
aufhalten. Die Scheiben werden blind. Ich bleibe für mich.

Der Sichelmond wird leicht, schafft sich einen
dünnhäutigen Himmel, bringt meinem Gemüt das Gleichgewicht
bei, wird unsichtbar am Morgen und schwebt gegen Mittag,
ausgezehrt von einer bestimmenden Sonne, wieder
im Fenstereck, leichter und blasser denn je.

Draußen wechseln die Städte. Die ich sehe,
habe ich gesehn. Brünn zum Beispiel. Besetzt
von alten Passanten und Janáček, für sich allein.
Gekrümmt von einem angestrengten Leben
spaziert er neben Pan Waldhans aus dem Haus am Bergl,
und ich kann beide nicht hören. Nur Musik: Das
Streichquartett, geschrieben an eine Geliebte,
ein Brief, der, indiskret, alle erreicht.

Mit verstellter Stimme rufe ich mir den Kaspar. Er
schnellt über den Rahmen, spiegelt sich in der Scheibe,
schwenkt die Peitsche. Erwartungsvoll wie ehedem
halte ich Ausschau nach seinem Kontrapart, dem Teufel: haarig
mit Bocksbeinen und Papphörnern. Doch weil ich die
Spielregeln nicht mehr beherrsche, wirft ein anderer
neben dem Kaspar seinen Schatten, gebettet ins Fensterkreuz:
Der Sensenmann, der bleibt, wenn der Kaspar geht.

Der alte Garten in einem sächsischen Dorf, Kaiserkron
und Päonien rot, nein, der nicht. Kein Angebinde für ein
Schloss. Keine Ouvertüre für einen Park. Mein Garten passt
ins Fenster. Wie eine Blume, gepresst von der Erinnerung.
Das Kind kauert am Wegrand vor einem gelben Stern, der
sich über ein weißes Knäuel senkt, eine Laterne: mein
alter sächsischer Garten in einem undeutlichen Licht.

Die alte Stadt steigt ins Abendrot, Jerusalem, ich trete
nah ans Fenster, lange bin ich nicht dort gewesen. Der
Stein brennt von den Rändern her, und ins Glockengeläut brechen
die Rufe der Muezzin. Ich höre den Gesang einer Bratsche,
sehe den Büchern an, dass sie fliegen wollen. Die Bilder sinken
hinunter, endwärts, und die Steine werden schmelzen,
die Bücher ihre Stimmen entfalten und die Gräber krachend aufbrechen.

Ich kann ihn nicht stürzen sehen. Der Himmel bleibt
leer. Ich brauche ein Bild, das ihn aufnimmt. Breughels Bild.
Die Flügel sind ihm längst geschmolzen. Er fällt und fällt.
Ein Stein, der einem Herzen ähnlich schlägt. Unten im Winkel, im
Gewimmel prallt er auf, Ikaros, die Beine gespreizt. Sein Atem
schmilzt das Eis. Er vergisst den Flug, bewegt sich nicht,
bleibt aufgehoben im Bild, eine Feder aus dem großen
Flügel, ein Buchstab fürs Unglück und den himmlischen Mut.

Kehren sie zurück? Brechen sie auf? Masken, Kasperköpfe,
Krottenschädel. Sie rücken zusammen zu einem Pulk, reiben
sich aneinander, bis ihr Haar brennt. Unerwartet tauchten
sie auf, ungerufen. Sie sperren den Ausblick, körperlos,
wie auf den Köpfen Artauds. Notate aus der Psychiatrie,
vorausgedacht, in schreienden Kürzeln aufgelöst, geliehene Angst.

Das Mädchen aus dem alten Buch, hinausgeschickt, zieht
Blumen aus der Erde, Blüten an Fäden, es spricht, es singt,
was ich höre, muss ich mir denken. Es wiegt sich und reibt
die Blütenblätter zwischen den winzigen Händen, singend, sprechend,
und auf dem lose gewordenen Beet treibt es fort.

Der Sand steigt vorm Glas, rieselt und schichtet
sich in Strängen. Manchmal fräst das Licht Scharten.
Ich stecke im Innern einer Sanduhr und frage mich, wer
mich auf den Kopf gestellt hat, auf die Füße? Mein Atem
geht mit dem Sand. Stockt er, ballt er sich vorm Glas.
Atme ich, steigt der kristallene Vorhang. Halt ich
den Atem an, hält auch er inne. Er ist meine Zeit,
ich bin in meiner Uhr. Der Sand vorm Glas maß meine
Zuversichten, ließ mir Augenblicke und weiß mein Ende.

Von mir

VON MIR

Von mir
weiß ich nicht viel.
Ich rede mich mir ein
und finde manchmal
zurück
in den Kindersaal
voller vergangener Wörter,
aufgebrauchter Liebe
und den Resten des Kriegs.
Von mir
weiß ich nicht viel:
Nur ein paar Sätze,
die mich einfangen,
überreden.
Von mir
aus könnte ich gehen.

IM SCHNEE

Jetzt,
unterm Winterbaum,
der seine schwarzen Knochen
in die eisige Luft hält,
bleibt der Baum als Gedanke
auf dem Grund einer Ahnung,
er könnte ausschlagen und
Wärme erinnern.
Ein Anfang weiß
es am Ende nicht besser.

Ich brech den Apfel,
hol den Duft,
im Kerngehäus wartet
ein kleiner Rausch,
der reißt sie mit,
meine schwindende Zeit.
Der Apfel fällt,
ich weiß es,
nicht weit vom Sprichwort,
vom Stamm
in diesem Gedicht.

ALGARVE I

Das Meer wölbt sich vorm Blick
und unterschlägt den Horizont.
Der alte Abenteurer überlässt der See
seine Geschichte:
dort, wo sie endet, am Rand,
stürzt das Schiff in die Unendlichkeit,
von den Schreien der Matrosen begleitet,
hinunter,
hinunter,
bis sie angekommen sind
zwischen Himmel und Erde
unter
der hohen See.

ALGARVE II

Dort,
wo an der Grenze
die Schwermut aufgibt,
nimmt das Land
die Farben wieder auf,
gibt den Geräuschen Raum,
holt den Gesang zurück,
für den Morgen,
für den Abend –
atmet auf.

NACHRUF

Mitteilungen, die noch als Brief kamen,
kriechen kalt über den Bildschirm.
Dass der Freund gestorben sei, gestern Nachmittag.
Viel zu spät sind wir
uns nähergekommen: zwei alte Männer,
die, um sich zu finden, Leben anhäufelten,
Erfahrungen in Geschichten. Am Ende,
vorm Ende waren sie sich so vertraut,
dass sie den andern ins Selbstgespräch aufnahmen
und der eine den andern hörte.
Mein Adieu hab ich zu spät
für dich gesprochen, lieber Freund.

(Für Gerhard Fichtner am 5. Januar 2012)

DIESE LIEBE

Diese Liebe, die noch beatmet
werden musste, bevor sie gedieh
und aus ihr die Flammen schlugen,
diese Liebe, die reifte
für jegliche Prüfung, die
nichts vergaß und alles neu erfand,
die in sich ging und
außer sich geriet,
die allem Unheil widerstand
und sich ein Ende ausredete,
diese Liebe, in zwei Stimmen erzählt,
haben wir gelebt.

DER WEISE MANN IM WALD

Was er gesucht hat,
der sich zurückzog
in den Wald,
der bronzene Mann,
preisgegeben den Fragen
und Gedanken Vorübergehender,
was er gesucht hat, verraten
ihm nicht das aufgeschlagene Buch
in seinen Händen,
nicht die Waldvögel,
die sich auf ihm
niedergelassen haben.
Er weiß es, lehnt
sich ans Schweigen,
an die Geräusche aus der Stille –
er wollte für sich sein,
für sich aus der Welt.

*(Auf eine Skulptur von Frances Lansing
und eine Antwort auf eine Meditation von
Rolf Hackenbracht)*

FÜR HERBURGER

Wenn er anrief,
wenn Herburger anrief,
selbstverständlich spät am Abend,
ging ich in mich,
betäubte mein Empfinden,
und hörte,
wie er mich zum
erfolgshungrigen Schmierfink
erklärte,
hörte seine Wut, und
in ein paar peitschenden Silben
den Wunsch,
ein Gespräch zu beginnen,
wie vor Jahren in Berlin,
als die Sätze sich noch nicht maßen,
und Kinderstimmen zum Echo wurden.

Später lief er, lief er weg
und ich wusste nicht, zu welchem Ziel.
Einer, der im Laufen den Sätzen
auf den Fersen ist, einer,
der sich mit dem Atem sehnt.
Er rief kaum mehr an,
ich dachte an ihn.
Als er unlängst anrief,
überraschte er mich
mit einer Freundlichkeit,
die ich den Jahren zuschreibe,
seinen und meinen.

IN DEN FLUTEN

Es ist wahr, dass Moses im Weidenkorb
den Fluss hinuntertrieb, ausgesetzt, die Knie
angezogen, ein Embryo der Geschichte,
ein Kind, das in einen Propheten hineinwuchs.
Es ist wahr: Die Flut steigt und unsere
Gedanken beginnen in Körben zu reisen.
Sich fremd geworden aus Furcht und
einem entgangenen großen Glück:
in den Körben die Kinder, alle –
so übersteht, was lebt und lieben will.

Für Jürgen Brodwolf mit Respekt und Zuneigung
zum Geburtstag von seinem Spätweggefährten Peter Härtling

DAMALS IN LICHTERFELDE-OST

Damals, als ein Sänger,
sich nackt ins Fenster stellte
und Skandal suchte,
damals in Lichterfelde-Ost,
Goethestraße, um die Ecke
im Souterrain ein Milch-
und Käseladen, mit Kleinigkeiten
für den täglichen Bedarf.
Jeden Sonntag kamen die Freunde
zum Frühstück, geredet wurde
über Bücher, die Arbeit
und die Kinder. Als wir auszogen,
waren es drei. Zum Spielen wanderten
wir in den Bäkepark, der sammelte
tagsüber Kinderstimmen und dämpfte sie,
wenn es Abend wurde, die Alten
sich vor der Glotze versammelten,
Fußball zu sehen. Es war eine graue
Zeit, vorher war bei Lilienthals
Fliegeberg die Landschaft hinter
der Mauer verschwunden. Doch jenseits
sang einer aus Lichterfelde Offenbachs
Hoffmann, sang sich die Seele
aus dem mächtigen Leib, nachdem er,
wie erzählt wurde, eine halbe gebratene Gans
zur Festigung des Gesanges verschlungen

hatte: hier und nicht drüben, hier
in Lichterfelde-Ost.
Den Nachmittag vergeuden,
Lebloses zwischen Wörtern stapeln,
allmählich
der Melancholie nachgehen:
so in die Schwebe geraten,
dass es leichter wird
aufzugehn
in jene Heiterkeit,
die dich fallen lässt.

Versuchte Ewigkeit

Für Mechthild und Friederike

JAHRESZEITEN

MEINE GÄRTNERIN

Du kannst, weil ich es
von dir wünsche,
ein Rosenspalier in die Luft
werfen,
ein Entwurf, eine kostbare
Spiegelung.
Du kannst der Wiese den
Rand nehmen,
ihr erlauben, in ihrer
Unendlichkeit den Himmelsrand
zu berühren.
Dein Eifer geht über in Liebe:
So wird, was schön ist, selbstständig
und kehrt zu dir zurück,
meine Gärtnerin.

ZWISCHEN MORGEN UND ABEND

Dieser Morgenatem, der
das Fenster trübt, aber er genügt,
ein paar Wörter festzuhalten:
leicht wie Vogelfedern, für
den Tag ohne jedes Gewicht:
so atme und schreibe ich und
gewinne mit diesen Wörtern
den Abend. Ein Atemzug
genügt.

NACHT

Die Nacht schluckt die Schatten,
beginnt mit verstellter
Stimme zu reden. Ich
wehre mich gegen ihre Nähe:
Sie wendet die Schatten, redet
mich. Sie hält mich wach.
Der Morgen bringt sie zum Schweigen
mit Vogelgesang.

DER WINTERBAUM

Der Winterbaum zeichnet sich
in wechselnden Linien, den Schatten
scheuend, vor dem grauen Tag ab:
Er nimmt nichts voraus, nicht
die Erinnerung an ausdauerndes Grün,
nicht die Lust auf den steigenden Saft.
Schön ist die Zeichnung, zart ihre Gegenwart,
wer versucht, sie in Gedanken
nachzuziehen, scheitert an ihrem Eigensinn.

SCHNEE FÜR SPÄTER

Immer habe ich den Schnee
hergeschrieben,
den Schnee von früher,
den maßlosen Schnee
aus der Erinnerung,
als Beispiel für die Kinder:
Ihr müsst wissen, es gab einmal Schnee,
viel mehr als ihr euch ausdenken könnt,
Schnee, der sich türmt,
Wälle aufwirft, Schnee, der blind macht,
der die Flüchter in den endlosen Schlaf bettet.
Jetzt,
jetzt ist er wieder gekommen,
der große Schnee,
begräbt das Land, schließt
das Haus ein,
wühlt sich in mein Gedächtnis,
beschwert meine Brust,
der neue Schnee.
Ich könnte ein Kind sein und
in einer weißen Höhle auf
den Frühling warten,
auf das versprochene Leben.

DER SCHNEE VON HEUTE

Es kann sein, dass diese Gegend den Schnee
erwartete, es kann sein, dass der Schnee
in meine Kindheit fiel, auf einem Hügel sich niederließ,
der Kälte hortete, die kurzen Ski gerade bog,
wo es nach Quargeln stank aus der nahen Fabrik.
Wir gehen heim, sagt die Mutter, zum Trost,
aber die Stadt behält den Winter für sich,
lässt sich nicht überreden, auch nicht vom Krieg,
der mit dem Eis und schwarzen Flocken sich nähert.
Sie laufen ihm weg, dem Schnee, und ahnen nicht,
er wird Jahre dauern, der Frost wird die Toten
steif und steinern aufbewahren. Schwarze Pferde
werden zu klirrenden Statuen. Geh heim, rät die Mutter
und verschwindet im Schnee, schneeweiß und das
schwarze Haar überm Hügel, eine Erinnerung,
eine offene Wunde im Gedächtnis. Sie schmerzt
im Schnee, im Schnee von heute.

WINTERKÄLTE

Die Winterkälte dem andern
vom Hals schälen,
mit ihm reden,
als wäre er lang fort gewesen.
Die Wörter verlieren
ihr Gewicht und wärmen:
Du kannst bleiben,
sagen sie.

WINTERGEDICHTE

1

Allmählich mischen sich in das dichte Grau
Lichtbänder aus dem Gedächtnis
Zwei Stimmen probieren einen Choral.
Die Windrose blüht auf, sagt die Sängerin.
Ich habe die Stimme verloren, sagt der Sänger.
Ein Rudel dickfelliger Tiere beginnt
das Grau vom Rand her zu verschlingen.
Morgen, sagt der Sänger, lerne ich atmen.
Ich kann es schon, sagt die Sängerin und zieht
die leuchtenden Fäden aus dem Grau.

2

Ich habe eine, meine Stadt wiedergefunden,
häuserwarm unterm alten Schnee.
Da liegen die Toten schon vergessen,
reden die Lebenden in einer Sprache,
die ich höre wie ein einst bekanntes Lied.
Die Heiligen verbeugen sich in meiner Stadt
vor den Seelen, denen noch nachgeredet wird,
die noch Namen haben. Es kommt vor, dass sie
den Schatten der Vögel Krumen hinwerfen.

VOGELREGEN

In diesem Jahr
ziehen die Vögel
nicht
zum Meer.
Sie fallen
zu Stein geworden
in Flüsse und Seen.
Wer einen der steinernen
Vögel findet,
ein Klumpen mit Federabdruck,
spürt,
wie das Wasser in ihm
steigt:
welche Zeit ist angebrochen,
in der es Vögel regnet
aus Stein.

FRÜHLINGSGEDICHT

Er schreibt dir und mir,
er schreibt auch sich:
»Noch altert nicht mein kindischfröhlich Herz«,
und sagt seinen Tag auf, sagt,
was er sieht, was er vergisst,
die Schwäne, von denen er mehr will,
den Fluss, der seine Verse mitnimmt,
sagt auf, was er braucht, was vergeht,
die Hüterin Lotte und ihre Tröstlichkeiten –
und ich,
ich wünsche mir seine Zeilen an Neuffer
an mich.

SOMMER AUF DER INSEL

Der Sommer redet.
Es sind die Geräusche,
die in den Schlaf aufgehen,
geschliffen und gewendet
von einem heißen Wind.
Die Schreie der tief fliegenden Schwalben
sind zu hören
und die Lockrufe der Frauen,
denen die Kinder davongelaufen
sind ans Meer.
Ihre Spiele wollen nicht enden,
bis die Nacht über sie
hereinbricht.
Den Mond aber haben sie so nicht
erwartet:
Sein Licht kühlt und lässt
sich mehrstimmig singen.

(*Hiddensee, Juli 2013*)

ZWISCHENREICH

Dort, wo die Gedanken
wortlos werden,
wo die Insel, das Zwischenreich,
in der Gedankenlosigkeit
aufgeht,
dort, wo der Gesang
sich in Bäumen und Sträuchern
festsetzt,
auf der Insel,
die sich mit den vergessenen Wörtern
aus der Verankerung löst,
dort finden Geister im Spiel der Kinder
ihre Gestalt –
einen Sommer lang:
was sein wird, lässt sich denken
ohne Wörter, in Bildern.
Es hat keinen Grund.

(*Hiddensee, Juli 2013*)

HERBSTABEND

abends, wenn abends
das Licht versickert,
ein helles Wasser, so will es der Herbst,
abends, wenn abends
die grauen Vögel sich
in den Mauern verstecken,
lautlos, und meine
Müdigkeit sich löst
zu dunklem Wasser,
in dem die Regungen des Tags
einsinken wie die grauen
Vögel abends, immer abends.

UND ICH?

Mit der Unsicherheit einiger weniger Sätze
hebst du auf, was dir nicht gelang,
du sprichst sie nach, immer wieder,
bis es dir gelingt, Ich zu sagen,
nicht zu laut, hörbar für die Nächsten.
Und ich? fragst du und holst die Sätze,
die du fürchtest, von Neuem ein.
So redest du an dir vorbei.

ADIEU

Was, wenn einer den Hut nimmt,
den er nie trug, und geht –
nur der Redensart wegen?
Was, wenn vor der Tür
sein Schatten auf ihn einspricht,
bis er über ihn springt?
Was, wenn ein Vogel so singt,
dass er neben die Erinnerung gerät?
Das ist, sagt der Mann ohne Hut,
das ist das Glück der allzu späten Jahre.

SELBSTPORTRÄT MIT 80

Manchmal
gibt der Boden
unter den Schritten
nach.
Ein Griff in die Luft
und
ich könnte stürzen.
Das Gedächtnis füllt sich
und nimmt
nichts Neues mehr auf.
Es ist nicht wichtig,
sagst du dir,
und fliegst durch die Morgenträume:
da bist du noch jung.
Beim Schreiben, beim Lauschen
hörst du dich atmen.
Dein altes Herz schlägt dir
bis zum Hals,
denkst du an den Tag
des ersten Verses.
Du sprichst ihn nach
und weißt nicht mehr,
was du sagst.
Ansichten und Absichten verwildern.
Die alte Liebe fröstelt
und wärmt die Stunde.
Es ist wahr: der Boden
unter deinen Schritten
bewegt sich.

NEUNUNDSIEBZIG

manchmal müd,
doch selten mürb.
Offen für Stimmen, besonders
die des Kindes:
wild und wütend –
nachts den Atem übend
für die immer geträumte Flucht.
Bereit für Wörter
und nahe der Liebsten.
In Gedanken rastlos unterwegs,
aber schlecht zu Fuß.

GREISENLIED

Ich trag den Schlaf: Erkennst du nicht den Tag?
Es ist nicht deine Zeit. Du stellst mir nach.
Du fällst mich an und nimmst mich ein.
Du bist, Schlaf, nicht erwünscht, und
was hängst du dich an mich. Sonst scheust du
das Licht. Meines dunkelst du ein, machst es matt,
und jedes Wort bekommt seinen Schatten,
jeder Satz dämmert vor sich hin.
Ich flehe dich an, Schlaf, mir diesen Tag,
nein Tage noch, zu lassen und genügend
Atem, die Zeit ohne dich durchzustehen.

UMKEHR

Den Abschieden nachlaufen, sie
aufhalten, ihnen Bleib! zurufen,
damit alles vor dem Abschied sei:
die Entdeckung der Städte,
die Vorausnahme der Fremde,
die Zuflucht unter der Haut der Liebsten,
dieser Anflug von Leben vor dem Abschied –
diese Geschichten, diese Reisen, lass mich,
lass mich erzählen: ich sehnte mich,
ich redete dich mir ein, ich holte
den Abschied nach, entdeckte seinen
heftigen Atem: ich kehre um, ich bleib.

DEN BARBAREN GESAGT

Die alten Städte gehen uns verloren,
Herberge für falsche Erinnerungen,
erobert von blinden Barbaren,
die in die Schönheit Kerben hauen,
Pulver machen aus den Träumen
derer, die in den Grabhäusern
verwahrt sind, die Besitzer weit
gehender Gedanken, freier Aufbrüche.
Nichts wird, nach dem Besuch der Barbaren,
übrig bleiben als ein Müllberg,
in dem sie einsinken werden,
unfähig, dem tönenden Sog
der alten Städte zu widerstehen.

HIATUS

Es sind die Pausen, in denen ich
die Wörter mit dem Atem verliere,
ein Zögern vor dem Abschied,
der Versuch zu wiederholen, was
Dauer versprach: ein Lied, ein Refrain,
in dem Anfang und Ende sich
verschränken, diese Pause, dieser
Schreck als versuchte Ewigkeit.

EINLADUNG

Komm in meinen Schlaf, Liebste.
Du warst schon lange nicht
mein Gast. Wir können den Atem
tauschen, uns unter die Haut gehen.
Flügel können uns wachsen und
im Flug weiten wir den Traum.
Nichts kann uns aufhalten, keine
Grenze, keine Pflicht. Nichts
wird uns schwer. Wir wiegen
so viel wie die Liebe.

VORÜBERGEHENDE DEPRESSION

Die Tage leeren sich,
verlieren ihre Sprache.
Erwartungen zerfallen.
Über Schmerzen lässt sich reden
wie über missratene Gedichte.
Blicke ins Freie
könnten Lieder werden.
Du willst sie nicht hören.
Taub, schreibst du, taub
und fängst einen Satz fürs Sterben an.

ATEMHOLEN

Um Atem zu holen,
trete ich vors Haus.
Noch ist der Boden nicht fest.
Allmählich beginnt vor meinen Augen
der Garten sich zu ordnen.
Aber den Veränderungen
bin ich nicht gewachsen:
der Strauch, den ich vor Jahren
setzte, ist verschwunden; an
seiner Stelle lese ich die Spuren
eines Ungebetenen, eines Eindringlings,
vielleicht die Feder eines großen Vogels
oder die Fußspur eines Heiligen.
Oder, sage ich mir, könnte es jener
Unerwartete sein, der mich
an einem Morgen das Atmen lehrt?

MICH VERGESSEN

Den Abend mit einer Zeile
anreden, warten,
bis das Licht die Kraft verliert
und in Gedanken
alle Städte bündeln, die Alleen
und die Promenaden am Fluss,
den Lärm, der den Tag ordnet,
den rumorenden Morgen, den
Mittag mit seinen hellen Geräuschen,
den Abend mit seiner dumpfen Rede –
jetzt, in diesem Augenblick,
da alles zusammenfällt, ich
in den Schlaf stürze, traumlos,
und ausprobiere, wie ich für alle Tage
mich vergessen könnte.

DEN GESANG LERNEN

Die Vogelstimmen kann ich nicht
auseinanderhalten.
So, als läse ich einen Satz
und kann ihn nicht verstehen.
Immer lauter und dringlicher
werde ich gerufen.
Die Jahreszeit ändert sich,
auf Lichtschwaden reisen
die Vögel ein. Sie rufen,
sie singen. Sie nehmen mich
nicht ernst: taub bin ich und ohne Wissen.
Ich verstehe keinen Ruf,
kein Wort.
Wer ruft? Wer spricht?
Wer fällt vom Himmel?
Wer kommt ihnen entgegen?
Den Gesang lernen,
rät die Lerche,
und die Wörter aufheben.

FISCHE FÜR DIE ERINNERUNG

Als ich mir, es ist lange her, von den fliegenden Fischen
erzählte, als mir von den fliegenden Fischen erzählt
wurde, damit ich mir von den fliegenden Fischen erzähle,
in der Zeit, als die Gegenden ihren Namen verloren, meine
erzählten Fische über geborstene Dächer flogen, über Wälder,
die unter Kohle vergraben lagen, fliegende Fische,
mit blauer leuchtender Haut. Fische für die Erinnerung,
für das Kind, das nichts wusste vom Glück der Tümmler.
Jetzt, das Meer kennend, habe ich aufgehört, auf mich
zu hören, aber die Fische kann ich fliegen sehen.

ÜBERGANG

In den Schlaf schlafen,
über die Taggrenze hinweg,
leicht werden, traumfrei,
befreit vom Gedankengeröll.
Die Jahre sind ausgezählt,
die Ängste abgelebt,
nur im eratmeten Raum
spürst du dich, kannst schweben,
kannst durch Wände gehen,
kannst den Stein erweichen,
bis du dich vergisst.

ERZÄHLEN VON DEN FRÜHEN JAHREN

Sie will, sagt meine alte Freundin,
erzählen von den frühen Jahren.
Vielleicht, könntest du meinen, auch die späten,
frage ich. Sie sucht nach einer Erklärung:
Die Jahre nach dem Anfang. Und jetzt, sagt sie,
jetzt fehlen mir die Wörter, auch die Personen.
Sie gingen mir verloren. Rede von ihnen,
und ich finde sie wieder: Fang an zu reden!
Und höre nicht auf: der Anfang hat sich gelohnt.
Er wird reichen bis in den letzten Traum.
Ich bin neunzig, stellt sie fest, nur finde,
wenn dir danach ist, zurück in die frühen Jahre.

(Für Toni Poethen)

IN DER SCHWEBE

Den Nachmittag vergeuden,
Lebloses zwischen Wörtern stapeln,
allmählich
der Melancholie nachgeben:
so in die Schwebe geraten,
dass es leichter wird,
aufzugehen
in eine Heiterkeit,
die dich fallen lässt.

VOM FEUER

Welche Geschichte sich auswächst,
wo Feuer vom Himmel fällt und die Verbrannten singen,
ich weiß es nach dem Traum,
der sich wiederholt, den ich mir aufsage,
böse bebende Verse. Wann kommt einer an?
frage ich, wenn die Zeit ihm widerspricht
und das Feuer sich wiederholt, die Sprachlosen
zu zündeln beginnen und den Stummen die Vernunft austreiben.
Das endet nie.

DER LIEBE NACHREDEN

Der Liebe nachreden,
wie sie allmählich unter
die Haut geht,
wie unruhige Hände Feuer
schüren,
wie Wörter erfunden werden,
die nur im Augenblick gelten,
wie hinter geschlossenen Augen
die Welt entsteht,
wie der Atem verloren geht
und
wie es kein Ende gibt.
Nachreden, jetzt,
da die Haut mürbe wird
und die Hände uns schwer werden,
die Wörter kieselhart
auf der Zunge liegen,
der Atem stockt
und nur die Nachrede wärmt,
diese ausdauernde
erinnernde Zärtlichkeit.

EINE ALTE GESCHICHTE

Der Mann mit der Geige
legt seinen Schatten in die Tür.
Ich geh jetzt,
sagt das Kind
und wartet,
bis der letzte Ton
es hinausstößt.
Mit einem Blick zurück
weiß es,
es wird
für immer sein.

GEGENGERÄUSCH

Der Lärm in dieser Gegend nimmt ab.
Es hat Zeiten gegeben, da haben
die Häuser geschrien, eingemauerte Stimmen.
Im Herbst färbten sich seufzend die Bäume.
Oft stellen sich Melodien ein, die ein Sänger
verstieß, aufgebracht gegen allen Lärm:
Das Flehen, das in kurzen Stößen die Luft
vibrieren machte, die Explosionen gedachter Kriege.
Für nichts ist sich diese Gegend übel genug:
Ihre Erregung reißt Straßen auseinander, treibt
Passanten zu ratlosen Gruppen zusammen.
Längst ist auch der Himmel laut geworden,
unsichtbare Maschinen rotieren und hämmern.
Dennoch, der Lärm in dieser Gegend nimmt ab.
Verse, nur wenige, reden dagegen, allzu leise
für die aufgebrachten Seelen.

ÜBER DIE GRENZEN

Wo soll ich hin? Die Grenzen überschreiten
im Rückwärtsgang, die Grenzen, die ich nur
in Gedanken ziehen kann? Jene, vor der die
Gräber sich häuften, Soldatengräber, blanke Kreuze,
im Süden Mährens vor der Grenze. Oder jene,
an der der Zug – in dem das Kind eingeschlossen,
die Waggons plombiert – an der Grenze
hielt, für eine Strecke zwischen den üblen Zeiten.
Oder die Grenze, die die Mutter hinter sich warf,
vor der sich die Kinder aufhielten, mit
offenem Mund, in dem der Schrei stecken blieb.
Nun ist sie fort, weit
hinter der Grenze, ein Leben kaum erzählt.

TRAUER

Die Briefe häufen sich, in denen
von Abschied die Rede ist. Die Trauer
erstarrt in Formeln und
erwartet Antworten. Er ist ein Freund
gewesen, doch verlor ich ihn
aus dem Blick, nun kehrt er zurück
als traurige Mitteilung. Sie ist
eine Freundin gewesen, ihre Kinder
habe ich nie kennengelernt. Jetzt
wollen sie wissen, wie ihre Mutter
in ihrer Jugend war. Die Trauer bettelt
um Wirklichkeiten. Sie erstickt am Einst.
Wer ihr antwortet, verfällt ihr.

WIEDER KRIEG

Die Kriege brechen von Neuem aus,
ich habe sie nicht vergessen.
Sie stecken in mir, sie schwärzen meine
Erwartungen, breiten Ängste aus,
Ängste, die sich in Kinderwörtern
aussprechen, stammeln, versteckt
werden. Dieser Tod, der nicht erwartet
wird, der Zufall und Hohn verbündet,
der kein Später erlaubt, diese Gemeinheiten,
die keine Nähe erwarten, diese Mordlust,
die sich austobt. Das Kind schreit
im Traum, gebettet in Blut und Asche.

ZUSAMMENHÄNGE

Meine Schritte werden kürzer
und die Entfernungen von Wort zu Wort größer.
Dem Unmut zu entgegnen, werfe ich
in Gedanken
ein Schleppnetz aus,
Sterne und Lichtschutt einzusammeln
und die Wörter zu füttern.
So beginnen sie mir,
Schritt für Schritt,
heimzuleuchten.

WIDMUNGEN

DEN WÖRTERN

Die Wörter vergessen sich,
rennen gegen die Gedichthaut,
flüstern und quieken.
Sie sind aus ihrem Sinn gefallen
und fallen weiter,
Flocken aus dem Gedächtnis.
Es könnte ein Leben beginnen,
lautlos und versunken,
aus dem Schweigen der leeren Wörter.

ALGARVE

Dort,
wo an der Grenze
die Schwermut aufgibt,
nimmt das Land
die Farben wieder auf,
gibt den Geräuschen Raum,
holt den Gesang zurück,
für den Morgen,
für den Abend –
atmet auf.

STERNSINGER

Den Abend wiederholen, an dem ein Trinker
singend einen Stern pflanzte, und dessen Wurzel
den Stein sprengte. Der Kerl sang dazu.
Wer ihn hörte, vergaß die Stimmen nicht,
kindlich und alt, aus dem Grund von Wünschen:
Solche Sternsinger, sagten die, die den Stern sahen
und den Trinker hörten, könnten wir brauchen,
aus Hingabe unzuverlässig, der mörderischen
Welt fremd, unangefochten im Licht des
eingefangenen, eingewurzelten Sterns, diesem
erfüllten Wunsch auf Dauer.

STRASSENMÄDCHEN, IN EINER PFÜTZE TANZEND

Sie tanzt. Die Arme
überm Kopf. Und spiegelt sich
in einer Pfütze
auf dem Weg.
Sie tanzt seit eh und je,
brach aus der Kindheit aus,
zog selber Kinder auf.
Sie tanzt die aufgesparte Lust,
die ausgehaltene Angst.
Es lebt sich leichter,
wenn einer kommt
und dafür sorgt, dass
sie stillehalten, beide.

(Auf ein Foto von Heinrich Zille)

DAS BESSERE

Den Mond mit der Sonne tauschen
– oder umgekehrt –,
auf den Rücken des Tags
schöne Sätze schreiben.
Warten, bis das Licht fest wird.
Und eine Hand sich auf deine legt.

JANÁČEK HÖREN

Setz dich, hörte das Kind.
Der tschechische Onkel, Onkel Beppo,
sprach wie nebenher,
rückte den Stuhl vors Grammophon,
vor den Tonrüssel,
setz dich und hör zu.
Der Onkel konnte alles, was
einem Zauber glich, überraschte mit Laune,
er malte schöne Frauen und Vögel mit langen Hälsen
auf Elfenbeinblättchen, er fing Krebse
und setzte Karpfen in der Badewanne aus,
er gab Likören Naturgeschmack und Farbe,
konnte, wie sein Freund Waldhans, Smetana und Dvořák
auf dem Balkon dirigieren,
damit Hitler und seinen Germanen das Hören vergehe.
Setz dich und hör zu, er drückte mich auf den Stuhl,
und ich erwartete etwas zu hören;
nicht aus der Neuen Welt, aus der Neuen Zeit,
erklärte er, hör hin, es ist eine Musik, meine Musik,
ich habe ihn gekannt, ich liebe seine Kunst,
Leoš Janáček, merk ihn dir.
Ich hörte, er redete manchmal hinein,
Streichquartett Numero zwei, rief er,
»Intime Briefe«, Liebe in musikalischer Rede,
aber das verstehst du nicht, wirst es verstehn.
Er schaffte es, dass ich Janáček noch heute
mit Kinderohren höre.

DER OSSMANNSTEDTER ENGEL

Der hölzerne Engel von Oßmannstedt,
der flügellos aus dem Himmel der Aufklärung stürzte,
dem ein Prediger im Auftrag Wielands
ein Licht aufsetzte,
dieser sperrige Reisebegleiter,
den ich in die Hecke drückte,
dem ich riet:
Engel Wielands, verwandle dich in eine Buche!
Der Engel ohne Flügel
und mit einer Erinnerung an Licht
verwuchs sich, vergaß sein Holz
und verschwand spurlos im Gesträuch.

BALD IN OLOMOUC

Sobald der Fluss zu reden beginnt
und seine Gefangenen entlässt,
konnte es sein,
dass im Michaeler Ausfall
Greise erscheinen,
sich das Gestern bestätigen
und im kreiselnden, entengrützengrünen
Wasser
das Orakel lesen.

DAS KIND UND DIE INSEL

Dir, Kind, will ich die Insel schenken,
samt dem Rundweg für dein Rädchen,
samt den Pferden vor dem Horizont.

Will, wenn Schwermut dein Gemüt verfinstert,
ein Gelächter über Dünen locken,
das sich krümmt und Krabben färbt.

Ach, mein Kind, der alte Mann,
der mit Wehmut und mit Glück,
dir dies sagt, dir dies wünscht,

möchte, wenn es dich verweht,
später, wenn die alten Traurigkeiten
dir dein Glück verderben wollen,

wenn du groß bist und kein Kind mehr,
möchte dir aus der Erinnerung
und zum Schutz die Insel schenken.

(Für Fanny)

DEN FRAUEN

Frauen, die fortgehen,
ohne sich umzuschauen,
leuchten ins Dunkel,
sie folgten den Regeln
ihres Zeitalters: verloren
zu gehen mit Wissen,
fremd zu werden in der Liebe,
und nur wenig zu hinterlassen:
eine Spur von Gesten,
eine Fährte von Tränen
und alle Namen ausgespart.

ORPHEUS

An dem Ort, an dem Orpheus begraben liegt,
in Antissa, sängen die Nachtigallen, heißt es,
schöner als alle Nachtigallen irgendwo auf der Erde,
sie singen aus seinem Gedächtnis, so wie der Seewind
es überträgt, stärker und leichter, anschwellend und
vergehend singen sie, diese Nachtigallen,
die eine Insel erfand, um seine Geschichte
im Gesang zu bewahren.

II. AUS BÜCHERN

Sternenbilder. Zwölf Gedichte

DER WANDERER

Nicht,
wie zu erwarten,
in der Nähe der Milchstraße,
sondern mit
wechselnden Gestirnen
die Horizonte tauschend:
hell atmend
im Süden,
deutlicher aber,
kalt und klar,
im Norden.

DER KLEINE ENGEL

Dort,
wo All und Nichts
jede Grenze aufheben,
in schwarzer Tiefe
entzünden sich
die Gedanken
wandernder Seelen:
Lichtlinien,
schwebend im Frost
und
von Dauer.

ORPHEUS

Manchmal,
am frühen Abend,
zieht leuchtender Staub
Linien am südlichen Himmel
und jene Sterne,
die wandern,
ordnen sich,
von ihnen gehalten,
zu seinem Lied.
Verlassene
können es singen.

IKARUS

Noch im Fall
steigt er weiter.
Der nächtliche Tau
an den Schwingen
beginnt zu glühen.
Dieses klaffende,
plötzlich sichtbare
Muster
im Zenit:
Dort
ist er geblieben.

MELANCHOLIA

Wandernd
und nur selten
zu erkennen:
dann, wenn die Wölbung des Horizonts
finster der Erde
sich zukehrt,
findet sie ihr Muster:
nur noch die Fassungen von Sternen –
erinnerte Spuren,
Löcher im Dunkel,
eingeschmolzenes Licht.

ENGELSFLÜGEL

Nicht Licht,
vielleicht Asche,
die im Wirbel
noch einmal glüht,
unendlich fein
sich spannend
von Horizont
zu Horizont
und zerstäubt.
Nur für jene sichtbar,
die ein Engel
schon
streifte.

PENELOPE

Wenn am südlichen Himmel
die Wolken aufreißen,
ein Hof sich weitet,
ein silberner Grund,
erscheint sie,
zufällig und fest.
Er wird kommen –
vielleicht ein Komet,
der rasend
den Sternstaub teilt, der,
allzu lang
unterwegs,
in ihrem Bild erlischt:
Ulyss.

DIE AUGEN DER KLEINEN KÖNIGIN

In den langen Nächten,
nur dann,
wenn Katzenaugen
Feuer fangen,
nah zusammen:
zwei Sterne knapp
über dem Horizont,
sehr hell
und mit blauem Kern.
Sie verwechseln sich
mit denen im See.
Tränen kennt nur
der Spiegelstern.

DER BERAUSCHTE

Ohne Halt
wandert er unruhig
entlang
den Pfaden der Windrose.
Nur bei Wolkentreiben
tritt er auf.
Sobald der Mond
die Wolken silbern
rahmt,
springen seine Sterne,
seltsam ausgefranst,
an ihren Platz.

DER SIECHE MANN

Es könnte sein,
er lacht.
Er lässt seine Sterne
los,
will sie nicht halten.
Sie springen,
fallen
und platzen.
Kinder erkennen
sein Bild
ohne Mühe.
Sie bewahren es,
wenn es
unversehens
erlischt.

DER GEDULDIGE GREIS

Unterm liegenden Halbmond
drei Sterne
in wechselndem Abstand –
nicht hell,
das Licht untereinander
tauschend,
so
wie die Nacht
atmet.

DAS TÖDLEIN

Am Saum des Morgens
und
auf der Schulter
der Berge.
Entlassen
aus der Gesellschaft
der Gestirne.
Nur in der Erwartung
sichtbar:
ein stürzender Schatten,
Gestalt aus Resten
von leuchtendem Seim.
Es spricht mit dem,
der es sieht.

Zehn neue Gedichte

BRÜNN

Vielleicht, wenn die Türen
sich öffnen, beginnt schon das Spiel:
die toten Damen legen ihre Masken an,
sie schmücken sich für den Gang
über den Markt. Das Geschrei
wird sie scheuchen. Aber die Rufe
des Kindes, das nach ihnen sucht,
hält sie auf für jenen Augenblick,
der ihnen Namen gibt: Manja, Cenka,
Babicka, so rufen sie die Tauben
in meines Vaters Stadt.

REISEFIEBER

Wir reisten über Tetschen-Bodenbach
ins Böhmische.
Das Kind, sagte eine Stimme
neben dem Kind, das Kind
ist doch ein wenig blöd: Immer
starrt es zum Fenster hinaus
auf die Schwellen im Nachbargleis.
Von Dresden bis Prag,
sieht keine Felsen, keinen Fluss.
Sieht nur Schwellen, bis ihm schlecht wird
und es alle Schwellen erbricht.
Jetzt, mürb und alt geworden,
zählt das Kind alle Treppenstufen,
die es erwarten.
Am Ende könnte ihm übel werden.

DIE KLEINEN PLÄTZE

Jetzt nach den kleinen Plätzen suchen,
die unterwegs zu Wohnungen wurden,
warm und Stimmen unterm Pflaster.
Manchmal erscheint ein Reiter und
rückt die Szene in die Wunschzeit.
Auch Sänger, begleitet von Tauben,
schieben einen Brunnen vor
die schönste Fassade: Es sind
die kleinen Plätze, Wohnungen
der Erinnerung, beschirmt von gemalten
Palmen, Bücherpalmen, und abends
erhellt von Lichtern und suchenden Gedanken.
Die Fremde gibt sich freiwillig
auf und redet sich heraus.

DER ANDERE TAG

Den Tagstern mitgeschleift
und die Erwartungen gemessen.
Welche Stadt wird mich erobern,
welche Gegend. Ich bin
nicht listig genug,
die Sterne zu tauschen,
auch kenne ich die Sprache
meiner Enkel nicht –
die anderen Wörter, die anderen Sterne.
Der andere Tag, der mich vergisst.

DIE RÄUDIGE SCHRIFT

Was zwischen den Steinen austreibt,
es ist die räudige Gartenschrift,
sie widerspricht der Jahreszeit.
Komm, ruft sie dem Sommer zu,
glätte mir das Winterhaar.
Ich lerne sie lesen, schreibe auf,
was sie schreibt: Immer nur geduldet,
wenn beachtet, dann beschimpft.
Das falsche Kraut, der ungeliebte Zierrat.
Eine Schrift, die hält bis in den Frost,
und das Muster der Steine erinnert.

LIEBE, IMMER WIEDER

Ich schrieb dir in die Hand,
es ist schon lange her,
Buchstaben für Buchstaben,
Wort für Wort.
Du konntest lesen, was du spürtest.
Nun, nach einem Leben,
wiederholst du, was ich schrieb,
Wort für Wort.
So steht in deiner Hand,
was du von mir weißt.

REISELIED FÜR FANNY

Versuch's! Es ist nichts leichter,
als einem Turmhahn das Fliegen beizubringen,
ein Reiterstandbild in Bewegung zu setzen
oder den bronzenen Franz Liszt im Park von Schillingsfürst
zur Soiree zu rufen. Dort nämlich,
auf einer Terrasse überm Tal, begrüßte
ich Fanny, meine jüngste Enkelin, und
dachte mir aus, wie Fanny, die Vorgängerin,
und ihr Bruder Felix Abbé Liszt zum
Haschemann im nächtlichen Park einluden. Es ist
nämlich ein Leichtes, die Dinge zu bewegen,
rufe ich meiner Fanny zu und lausche der andern.

GREISENMORGEN

Die Morgensonne schiebt
eine Botschaft unter die Tür.
Ihr Empfänger weiß, sie hat
kein Gewicht und hält nur,
bis der Schatten sie tilgt.
Angeregt und heiter schreibt
der Alte einen Brief an den
kommenden Tag in die
bebende Luft.

DIE SCHÖNEN TROMPETEN

Der alte Fluss überschwemmt am Ende
ein Schlachtfeld. Mahler hat es geheiligt mit
seiner Musik: Revelge. Trommeln und Trompeten
für die brüderliche Klage. Ein
Brief mit einem Trauerrand ins Mährische
an eine namenlose Braut.
Nun kannst du hören, wie
die schönen Trompeten blasen
und
vergiss nicht, dem Trommler nachzulaufen.

WÜSTENMÄRCHEN, MÄRCHENWÜSTE

Der heiße Wind treibt
den Sand vor sich her. Die Wüsten
werden wachsen. Wer weiß,
welche Märchen die Stadtnomaden
erzählen werden an den toten Flüssen?
Von den Sängerinnen, in deren Liedern
die Oasen sich ausbreiten.
Von den Radschlägern, die mit ihrer Kunst
dem glühenden Sand gewachsen sind.
Vom kleinen Muck, der aus
einem Märchen ins andere rennt.

Postscripta

SELBSTPORTRÄT

Kann keine Trauer sein,
behauptete ein Dichter von ehedem:
er nahm die andern aus, um sich
nicht verloren zu gehen.
Aus der Zeit,
die mir bleibt,
kehre ich wieder,
wäge die Verluste,
traue den Abenden weniger,
fürchte die Nächte.
Im Schatten eines Engels
vergesse ich,
was ich mir vornahm, diesen
Versuch, leichter zu atmen,
endlich, und den Anfang eines Lieds.
Ich spreche. Von mir.

STRASSENMÄDCHEN, IN EINER PFÜTZE TANZEND

Sie tanzt. Die Arme
überm Kopf. Und spiegelt sich
in einer Pfütze auf dem Weg.
Sie tanzt seit eh und je,
brach aus der Kindheit aus,
zog selber Kinder auf.
Sie tanzt die ausgetragene Lust,
die aufgesparte Angst. So lebt es
sich leichter, wenn einer
kommt und dafür sorgt,
dass sie stillehalten, beide:
jetzt, in einem, seinem Bild.

Auf ein Foto von Heinrich Zille

KÖNNTE

Könnte, wenn ich mich hinauslehne,
der Garten sich auswachsen zur Wildnis
und alle die Stimmen aufnehmen: Erwartung
und Furcht, Aufruhr und Ergebung?
Ich habe den Sommer aufgesagt
als eine Zusage des Jahrs.
Viel bleibt nicht mehr. Sätze, die
nach einem Schlusswort suchen, einem
Wort, das sich hinaustraut, fort.

WIEDERKEHR

Katastrophen kräuseln den Tagrand.
Du probierst Sätze aus,
merkst, wie fasrig Wörter wurden.
Cortison schleift die Haut dünn:
Pergament, unter dem Schmerz schwindet.
Über den Anfang hinweg
aufs Ende zuspringen. So einfach
wie ein vor Jahren gelerntes Lied.
Bis zum Abend kannst du die Stunden
zählen: Hier sein, leichter und in einer
zu spät gelernten Bewegung. Bevor
die Wörter Atem holen. Jetzt.

Vier Gedichte

SELBSTPORTRÄT MIT 76

Leichter geworden
für Gedankenflüge,
und wieder ein Spiel
mit offenem Ende begonnen.
Gegenden erkundet
und abgelegt,
Herzsprung und Atemnot,
und den großen Sätzen misstraut.
Durch die Strophen
vieler Lieder gewandert,
auch mit den Steinen
auf dem Grunde der Donau.
Bis die Melancholie aufhebt,
was beschwert:
Leichter bin ich geworden
für Gedankenflüge.

ABENDLIED

Die Schnurrpfeifen gedämpft,
den Abendwind gedrosselt.
Jetzt
geben die Wörter nach.
Jetzt
spannt die alte Haut.
Jetzt fressen die Drachen den Wind von einst.
Jetzt leg dich schlafen, faltige Seele.
Umkehren kannst du
und finden, was sein wird.

DER TISCH,
der mitten auf der Wiese,
aufs Kindergelage wartet,
wird groß
unter der Abendsonne.
Die sieben Stühle rufen
sich schon zu,
wer ausbleiben wird
auf der Reise nach Jerusalem.
Die Sonnenflecken
reihen sich zu unverständlichen
Sätzen –
mit ihnen
erkläre ich mir
dieses dem Sommer
verdankte Bild

DER GREISE KOPF

Der Reif hat einen weißen Schein
Mir übers Haar gestreuet;
Da glaubt ich schon ein Greis zu sein
Und hab mich sehr gefreuet.

Doch bald ist er hinweggetaut,
Hab' wieder schwarze Haare,
Da mir's vor meiner Jugend graut –
Wie weit noch bis zur Bahre!

Vom Abendrot zum Morgenlicht
Ward mancher Kopf zum Greise,
Wer glaubt's? Und meiner war es nicht
Auf dieser ganzen Reise.

Gedichte aus Winkelspiel

KANN SEIN

Warum Schwermut, fragt das Kind,
das vor dem Abend die Wörter rückt,
was macht den Mut so schwer? fragt
das Kind und stößt die Wörter
über den Rand: Warum nur ein schwerer
Mut? Die Wörter stürzen und taumeln
hinunter, hinunter, lauter Fragen, die
das Kind ihnen nachruft und hört,
wie die Wörter ankommen,
aufschlagen, dumpf und krank.

Träume sind es, die sich als Träume ausgeben,
ins Fließen geratene Tagesreste, bilderlos,
wortlose Müdigkeiten, eine weiße Erinnerung,
weiß, voller erloschener Bilder, Aschenbänder
anstelle von Wegen, diese Spuren, kurz
vor dem angehaltenen Atem träume ich. Nichts.

Als ich mir, es ist lange her, von den fliegenden Fischen
erzählte, als mir von den fliegenden Fischen erzählt
wurde, damit ich mir von den fliegenden Fischen erzähle,
in der Zeit, als die Gegenden ihren Namen verloren, meine
erzählten Fische über geborstene Dächer flogen, über Wälder,
die unter Kohle vergraben lagen, fliegende Fische,
mit blauer leuchtender Haut. Fische für die Erinnerung,
für das Kind, das nichts wusste vom Glück der Tümmler.
Jetzt, das Meer kennend, habe ich aufgehört, auf mich
zu hören, aber die Fische kann ich fliegen sehen.

ALLEIN SEIN

Gespräche von früher.
ein Echo, das mitnimmt,
ein paar Wörter, die schwer werden,
Silben, die sich zuspitzen zu Gelächter;
ein Schatten, der auf seinem Namen besteht –
ich wende mich ab
und höre nicht auf zu lauschen,
süchtig nach Einsamkeit.

DAMALS IN LICHTERFELDE-OST

Damals, als ein Sänger
sich nackt ins Fenster stellte
und einen Skandal suchte,
damals in Lichterfelde-Ost,
Goethestraße, um die Ecke
im Souterrain ein Milch-
und Käseladen, mit Kleinigkeiten
für den täglichen Bedarf.
Jeden Sonntag kamen die Freunde
zum Frühstück, geredet wurde
über Bücher, die Arbeit
und die Kinder. Als wir auszogen,
waren es drei. Zum Spielen zogen
wir in den Bäkepark, der sammelte
tagsüber Kinderstimmen und dämpfte sie,
wenn es Abend wurde, die Alten
sich vor der Glotze versammelten,
Fußball zu sehen. Es war eine graue
Zeit, vorher war bei Lilienthals
Fliegeberg die Landschaft hinter
der Mauer verschwunden. Doch jenseits
sang einer aus Lichterfelde Offenbachs
Hoffmann, sang sich die Seele
aus dem mächtigen Leib, nachdem er,
wie erzählt wurde, eine halbe gebratene Gans
zur Festigung des Gesanges verschlungen
hatte: hier und nicht drüben, hier
in Lichterfelde-Ost.

SOMMERLICH

Am Gartentisch sitzend warten,
bis die lange Stunde
zwischen Tag und Abend,
sehr zart und flüchtig ihre
Zeile ins Holz schreibt,
eine Linie, unlesbar, nur
nachgesprochen von einer das
Licht wirbelnden Libelle:
Gesänge aus dem Altmännersommer.

HÄUSER WIE SCHIFFE

Die alten Häuser beginnen zu wandern,
steinerne Schiffe auf dem Gedächtnismeer:
Jetzt gegen die Flut. Unversehens wachsen sie
aus der Gischt – die Fenster sind erleuchtet,
auch bei Tag, und du siehst die Schatten jener,
deren Namen du nachsprichst, jetzt
für diese eine Geschichte, diesen einzigen Blick:
zum Rundbalkon an dem Haus, das sich
leicht löst vom Ufer der Wassergasse, voda ulice,
der Balkon gleicht einer Schiffsbrücke, auf der
sie alle stehen und zum Abschied winken, die
Eltern, Kapitäne von ehedem, so gleitet es
in die Weite, dorthin, wo die Häuser Schiffe werden,
in einer Geschichte, die keinen Grund hat.

ÜBERGANG

In den Schlaf schlafen,
über die Taggrenze hinweg,
leicht werden, traumfrei,
befreit vom Gedankengeröll.
Die Jahre sind ausgezählt,
die Ängste abgelebt,
nur im eratmeten Raum
spürst du dich, kannst schweben,
kannst durch Wände gehen,
kannst den Stein erweichen,
bis du dich vergisst.

Der Hunger von früher
kommt wieder, er
ist nicht zu stillen, er
wird bleiben, er nimmt mein
Gedächtnis ein, ich bin eingezogen
im Schatten meiner Mutter,
in einem Rudel aufbegehrender
Frauen kam ich ins Lager,
ins Flüchtlingslager, dort gab
es Speisen, den Hunger zu stillen,
den Hunger zu vergessen,
der nicht zu vergessen ist,
der wiederkommt, der Hunger
von früher, der alte Hunger,
der Kinderhunger. Jetzt.

BALANCE

Nichts, was vergehen kann,
die spielenden Kinder am Teichrand,
Stimmen, die alt werden können,
oder die vorübergehenden Gedankensprünge
alter Männer, es sind die kleinen Ewigkeiten,
Zeitzotteln, an denen Seufzer hängen.
Alle die vergangenen Spiele, jetzt
wiederholen sie sich: die Kinder erscheinen
lärmend, rufen sich zu, was die Alten nicht
hören sollen. Es ist nichts, was
nicht vergehen kann, es ist alles.

EIN REST VON GLÜCK

Solange es dir gelingt, den Abend hinauszuschieben.
Solange du zusehn kannst, wie die Sträucher
am Rand des Gartens grün verfilzen, wie die geliebte Gärtnerin
sich ihrer Pfleglinge annimmt, des Rosenstocks und
des immer wachen Gingkos, wie das schwarze Licht
in die Erde sickert, wie die Katze aus dem Nachbarhaus
ihren Schatten jagt, wie ein Mückenschwarm im Gegenlicht
zu tanzen beginnt, so lange kannst du sicher sein,
dass ein Rest von Glück mit dir alt wird.

ÄNGSTE WIE FLECHTEN

Ängste überziehen wie Flechten die Seele,
Ängste, die dir in den Schritt fallen, dir den
Weg abschneiden, dich als immerfort alarmierte Passagiere
auf Reisen begleiten, die gemeine Sätze ausstreuen,
Ängste, die dir den Atem stocken lassen, sehr plötzlich,
mitten im Gespräch oder vorm Schlaf, Ängste,
die deine Seele zuwachsen, einschließen.

Den Abschieden nachlaufen, sie
aufhalten, ihnen Bleib! zurufen,
damit alles vor dem Abschied sei:
die Entdeckung der Städte,
die Vorausnahme der Fremde,
die Zuflucht unter der Haut der Liebsten,
dieser Anflug von Leben vor dem Abschied –
diese Geschichten, diese Reisen, lass mich,
lass mich erzählen: ich sehnte mich,
ich redete dich mir ein, ich holte
den Abschied nach, entdeckte seinen
heftigen Atem: ich kehre um, ich bleib.

NACHSOMMER

An eine Steinwand gelehnt:
Die Sonne wärmt sparsam,
geht allmählich unter die Haut.
Herbstlich gestimmt, stoße
ich mich ab und staune
über die Stille. Kein Vogel
singt, die Geräusche von der Straße
bleiben aus. Ich höre meinen
Atem, meine Schritte und gehe mir
nach. Die Stille wärmt sich auf,
die zweiten Rosen senden ihren Duft aus.

ABSCHLIESSEND

Nur ein paar Schritte, gezählt,
weniger als gewünscht, diese
paar Schritte, Schritt für Schritt,
bis das Licht ausgeht, ein einziger Blick
festhält, zufällig, einen Ausschnitt
deiner Welt, eine Reisegabe, der du
keinen Sinn zuschreiben kannst,
denn diese Finsternis erlaubt keine Gedanken,
sie ist tonlos, unterdrückt Stimmen, es
könnte aber sein, dass eine Stimme singt,
die vor den Schritten sang, die du
zähltest, sie weiß von den Bildern nichts
und nichts vom Schweigen, sie
singt zum Ende den Anfang.

III. VERSTREUT VERÖFFENTLICHTE GEDICHTE

ZUM MITZÄHLEN

eins zwei fünfeinhalb
und ein viertelchen dazu
beschmier dich voll mit schrumpelsalb
verstecke dich im schuh

zwei eins nullnichtganz
dann siehst du nur noch nacht
und klopfst dir einen zehentanz
dran bin ich aufgewacht:

die sonne ist auf die erde gerollt
und hat die erde verbrannt
und keiner hat so viel feuer gewollt
und jeder ist fortgerannt

in einer grube blieben noch
mein schuh und du darin
es pocht ein liedlein aus dem loch
doch keiner hört mehr hin:

null weg nimmerzahl
die sonne hat alles verschluckt
es freut sich jetzt im jammertal
der in die schuhe guckt.

TRAG DEINE FURCHT

Trag deine Furcht einen Schritt weit
über die Schwelle
und dann vergiss

nimm einen Tropfen
vom Aug des Bruders
und trinke

doch verschwende keine Träne
vor diesem Abschied
nach allen Steinen
in denen du gelitten hast

trag deine Furcht in die Zimmer
und sage es leis den Wartenden

versprich ihnen die Steine
und geh

versuchte, nach allem, ihre Schrift zu beglaubigen, ihren Schritt, erzählte, vielleicht dem Vater, so war es nicht gewesen, hätte nicht, sagte der Vater, und mit dem Spiegel, auf den sie sich verlassen hatte, als sie sich schrieb, oder die Rückkehr in das Haus, wäre, die Hunde bellten, begrüßten sie, das Kind, aber, wie sie sich erfand, erblindete seine Schrift: so kam sie nicht, wollte nicht, und er bat: Mich noch, Effi!, darum, im November, die geöffneten Fenster, der geschnittene Garten, die Wege, wieder verschlungen, so, dass es niemals war

atmen, eine Weile atmen, hindurchgehn, und es hört nicht auf, beschreibt den, der atmet: wenn es endet, soll es enden?, so lang, bis der, den ich beschreibe, es beschreibt, sein ist, mein ist, solange

abermals, wenn er sich wendete, mitten, in der, dann, wenn es ihm gelang, den Umriss zu vernichten, nur noch der weiche Kern, und aus sich hinausging, aber wer es versucht hat, der müht sich nicht, ihn abzuwarten, denn, dass es gelang

nur noch, was er gerufen hat, das Profil, sein letztes Wort, lautlos, es wurde lebendig, wandte sich ihm zu, aber er, seiner Andacht nicht mehr mächtig, und nun auch aufgelöst in der Silbe, die sie gewesen war, nachdem er, ohne Verlust

Ortsbestimmungen, Zeichnungen von Hälsen, Schultern,
Brüsten, Bäuchen, Schenkeln, und der Versuch, die Verluste
aufzuwiegen, dazu die trockene Rinde des Gewissens, oder aber
nicht mehr, wenn –, wenn von Neuem die Landschaften genauer

sie hinderte ihn nicht daran, sie zu verlassen, ging ihm voraus,
und wenn er sie einholte, entschied sie sich nicht, schied sie
nicht, nicht, weil sie dagewesen wäre, er hatte es oft versucht,
darum, dass sie nicht aufeinandertrafen

das Gerinnsel eines Blattes, wieder verfestigt in der Beschreibung,
dann und mit wechselndem Namen, ungreifbar, bis es die Hand
überzieht, deine Hand überzieht, mehr als demütig

noch einmal, bitte, ehe, kehrte er um?, dann sagte sie, du solltest
Vater, und er, der sie nicht mehr hörte, eine vor Langem gefestigte
Figur des Gartenwegs, sagte, was sie nicht hörte: sie hätten, Effi,
über allen Ungeschicklichkeiten, nicht vergessen sollen, dich, sie
aber, schon im Blau der Kiesel, eine bestimmte Art von Schatten,
was sie gesagt hatte, die Vernunft, die verschuldet hatte, was
sie längst nicht mehr war, und sie versucht, sich auszulöschen,
freundlich

der Augenblick, da er sich spannte, gespannt würde, nicht auch
noch Glück, und dann nichts mehr wusste, nichts

Friedfertig:
bratfertig.

SCHADENSSPRUCH

F. J. Strauß die Eingebungen Berta Suttners.
R. C. Barzel die Phantasie Fritz Teufels.
A. C. Springer das Gewissen Kurt Tucholskys.
K. G. Kiesinger den Kohl vor der Tür und die Ergebenheit
Sancho Pansas.

AN EINEN BEFREUNDETEN MALER

Verluste, Lieber, wie immer abwägbar
und doch verschwiegen, unter den Linien, die
abgrenzen, die zarten Nervenenden einer Idee.
Jetzt kann ich, nach Jahren, brüderlich eingehn
auf Deine Sehnsucht: das Schwere aufzuheben
in dem einen einzigen Atemzug des Bildes.

Wir haben unsere Geschichte, Du weißt es:
der Schmerz wird vermessen, und was ich von Deiner
Landschaft weiß, ist der verwundete Blick,
mit dem ich sehen lernte, damals auf den
Hügeln, auf dem Berg, die täglichen Spaziergänge:
das Gatter, die Scheuer, der Weg.

Was unsere Revolutionen waren, haben andere
ausgesprochen, zu laut, und es geschah nichts,
das den Weg verlegte, den Berg verrückte;
diese Jahre, in denen Du den Tod mit feiner
Kalligrafie vor der Tür hieltest und dann:
die schwarze Sonne, die Kugel aus dem kalten Stein.

Meine Unruhe ist die Deine. Die Jahre, die uns
trennen, hat unser beider Alter verbraucht.
Den wir reden hören, Hölderlin, im Wahn vorm Haus,
nehmen wir zwischen uns, und erkunden die Grenze,
diesen schwankenden Strich zwischen Atem
und Stillstand: Deine Linie, die meine auch.

AN MEINE SÖHNE

Weil ich euch habe,
meine Söhne,
meine zwei Söhne,
und ich habe
euch nicht,
meine Söhne,
fürchte ich mich
noch mehr
vor denen,
die Söhne brauchen,
um Söhne zu töten,
fürchte ich mich,
dass ihr werdet
wie die Söhne,
die töten
und sich töten lassen
nach den Regeln
der
jeweils Mächtigen.
Dass ich euch liebe,
meine Söhne,
vergesst es
nicht.

MEIN GARTEN

Ich sehe meinen Garten:
den mannshohen Buschen
japanisches Gras,
der nur mit Schwielen
zu schneiden ist
im Herbst,
den kanadischen Ahorn,
dessen gefiederte Blätter
früh dunkelrot werden,
den Bambus,
der uns nicht beschäftigt,
und vor der Tür
den Gingko,
dem heuer
die Blätter erfroren,
der,
schreibt S. L. aus New York,
ein unverdrossener
Stadtbaum sei
und dem
die zweiten Blätter
größer wuchsen
denn je:

ich gehe im Garten umher,
er ist nicht groß,
ihn bewohnen die Kinder,
sie vertreiben mich nicht,
ich bin der abendliche Gast,
der Sonntagsbewohner,
den man mit Nachsicht aufnimmt
und die Woche über vergisst.

D. H. UND DIE SCHMETTERLINGE

In Esslingen,
vor zwanzig Jahren,
nein,
in Rüdern,
vor fast zwanzig Jahren,
redete er über Schmetterlinge
und
über Gedichte:
wie Schmetterlinge Gedichte
und Gedichte Schmetterlinge –
redete,
als komme er,
ohne Umweg über Dresden,
aus einer Unterhaltung
mit Liliencron;
redete
mit einem Unterton
von Angst und Fremde
(und natürlich auch Sächsisch),
der uns

Schmetterlinge
nicht geheuer machte;
denn in jenen Jahren
und in diesen auch
fürchten sich Gedichte
vor Schmetterlingen

und Schmetterlinge
vor Dichtern.
Vielleicht ist es
seine Lust an Zwiebeldächern,
Putten, Luisenbräuten,
Strohhüten, Alchimisten,
Vogeltapeten, Karussellen,
die ihn
anziehend macht
für Schmetterlinge.

DER UNTERSCHIED

Wessen Recht? fragt der eine.
Wem sein Recht? fragt der andere.
Der
Wem sein Recht?
fragte,
meinte den,
dessen Recht
es meistens ist.
Recht wird er nur bekommen,
wenn er der Frage und den Fragern
den Unterschied austreibt
und der Sprache trauen kann.

WINDGEDICHT

Ein Pups
ist ein Wind
mein Kind
der schwer aus dem Bauche find
und darum
knallt oder knattert –
was alle andern verdattert.

Weißt du,
die Bücher,
mit denen wir leben,
und jene Handvoll,
aus denen wir
leben,
weißt du,
diese Gefährten,
diese geschriebenen
Brüder,
die wir lieben
und mit denen wir
streiten,
diese Waffen,
die nie töten,
weißt du,
die Bücher –

DER SCHMERZ NIMMT ZU

Der Schmerz nimmt
zu
und reibt die Wände
von innen
dünn.
Was füllt mich aus,
wenn
ich an Fleisch verlier?
Ich hör mich selber
in mir
gehn.
Ich geh in mir
herum
und find mich nicht
zurecht.
Ich weiß, der
Schmerz wird mich
zusammenziehn
und ich muss nicht
mehr
auf mich
hörn.

DON OTTAVIO

Er, auserwählt,
weiß, dass er nichts
ist
ohne die Stimme,
die ihn belebt:
kein Held,
lächerlich
im Duell
und der Liebe fähig
nur
zwischen zwei Arien.
Geweckt vom Bühnenlicht,
wird er aufgehn
in den wenigen Zeilen,
die ihn
aus dem Schatten
riefen
in einen sanften
Dienst –
»e non ho bene s'ella non l'ha« –
und mit jenem atmen,
der ihn erfand,
damit das irdische Glück
nicht
ohne
Kantor sei.

Für J. Hellmut Freund

Jetzt, mit einem Mal fangen wir an,
die Bäume zu zählen

SPUREN DES IKARUS.

3 Anmerkungen und 3 Gedichte

Auch Ikarus konnte die Schwerkraft nicht aufheben. Die Sonne neidete ihm seinen Traum und schmolz seine Schwingen. Doch mit der Linie kann man es, wie Fritz Ruoff, noch immer versuchen. Sie braucht auf diesen kleinen Blättern, die mir wie Botschaften vorkommen, keinen Halt. Sie spannt sich ohne jede Anstrengung, krümmt sich ohne Mühe, schwebt. Solche Leichtigkeit verlangt, vermute ich, nicht nur Übung, sondern eine erfahrene Ruhe: Die Hand, die diese Linien zieht, erinnert sich an Ikarus. Sie erinnert sich, meine ich, auch an ein Alphabet, dessen Buchstaben wir verlernt haben.

Kann man im Wasser
schreiben?
Hat die Luft
ihr Alphabet?
Sieht man am Himmel
noch
die Spur des Ikarus?
Auf welcher Linie
können wir ruhn,
ohne abzustürzen?
In welches Wort
werden wir uns zurückziehen,
wenn das Zeitalter
der Sprachlosigkeit
anbricht?

Wenige sind in Anfängen so kundig wie Ruoff. Sobald er, und das kann über Jahre gehen, seine Erfahrung durchgespielt hat auf der Fläche und in Zeichen, gibt er nach, gibt er auf. Die Spanne zwischen Ende und Anfang schmerzt. Immer wieder zeugen suchende Blätter davon. Sie suchen wirklich: Es scheint, als hätte Ruoff alles vergessen, muss am Einfachsten verzweifeln, um sich endlich wiederzufinden – in einer neuen, ihm wie aus Träumen vertrauten »Sprache«.

Die Gaukler werden
immer rarer.
Die Zahl der Atemabschneider
nimmt zu.
Holt tief Luft,
um ihnen zuvorzukommen!

Unlängst hörte ich ein Kind fragen:
Tut es weh, wenn man an den
Himmel stößt?
Sicher weiß es mehr von der Welt
als die Wissenden, die sich nur davor
fürchten, an den Himmel zu stoßen,
und ihn darum physikalisch erklären.
Solche Spuren von Glück bewahren-
den Widersprüchen stecken in den
kleinen Blättern Ruoffs.
Seine Wirklichkeit ist die seiner Vor-
stellung. Sie ist eine Antwort.
Seine Linien schweben und sie
geben nach, wenn man sie stößt. Wie
ein Gedanke. Wie ein Wunsch. Wie
der Anfang einer Hoffnung. Sie sind
leicht, geschmeidig, doch ihr Wider-
stand ist groß.

Wie angenehm
lebt es sich
für einen Augenblick
mit dem Sommerschatten,
diesem Abdruck der
Seele,
warm
auf dem atmenden
Stein.

ELEGIE AUF DAS KOMMENDE AUS DEN VERZWEIFLUNGEN DER GEGENWART

1.

Nun endlich erinnern sich die Silben
an ihre Musik, schwimmen wie Fischleiber
im Wasser meiner Erinnerung:
Spür's, es ist die verfestigte Wahrheit.
Wir gehen auf Zehenspitzen und
beobachten den Tod bei seiner Arbeit,
sehen die Entfesselung der Seelen, sie
kommen sich näher, die Schwärze
auszuprobieren,
in der wir dahinleben werden, ungute Kinder
des aufgegebenen Fortschritts. Wollen wir
nicht umkehren und die Reste des Lichts
mitnehmen für das Übrige, die erkalteten
Reden, die verkommenen Prophezeiungen?
Denn es ist möglich, dass die Engel wieder-
kehren und die Täufer und die Steinschneider,
vor denen wir uns fürchteten. Jetzt
brauchen wir es nicht mehr. Sie sind da
und schlagen unser Leben aus dem Stein,
der übrig blieb, nur der Stein, der übrig
blieb, nur der geronnene Atem von uns allen,
der Stein, der übrig blieb, der Stein.

2.

Ich will, dass Du Dich ihren Waffen
überlässt, ich will es und ahne, wohin
es führt: Du gibst nicht auf, wehrst Dich,
Du schlägst meinen Wunsch, meine Hoffnung
aus, zu Recht, Du weißt es besser, Du
brennst, eine Entgegnung auf diese Schwärze,
diesen tödlichen Lack, diese Gepanzerten,
die Dich abfangen und abfragen werden
nach Deinem bessern Wissen. Aber, wirst Du
ihnen erklären, was weiß ich denn besser
als das bisschen Haut, das uns kenntlich macht
unter Menschen, dieses abgerissene Stück Haut,
das ihr gegerbt habt: Fänger schon seit Langem,
nur nicht angetrieben und angesagt von
den Stumpfsinnigen, die wir wählten, damit
wir vertreten seien, vor welcher Hölle,
frage ich mich, in welcher Hölle?

3.

Komm, setz mir den Pilzhut auf und sprich
die falsche Predigt. Für welches Jahrhundert
sollen wir uns entscheiden? Wir Aufrührer
ohne Auftrag, was sollen wir weitersagen ins
große höhergestellte Ohr, was sollen wir
dem Alleswissenden flüstern? Vielleicht nur
den Verlust sämtlicher menschlichen
Bewegungen:
die Geißelung des Gelächters und
die Steinigung des Weinens. Was soll ich
danach noch, was, frag ich Dich, der Du
mich nicht schonen willst, so bleibe ich
und spreche die falsche Predigt: die von der
Wärme, dem Lachen, dem Weinen, von der
Träne, die wir teilen, um nicht zu
verdursten – jetzt aber geht dennoch
zu Ende, Liebste, was Du wusstest, was
wir kannten, zu Ende.

4.

Lass uns austreiben, was uns als Gift
eingetrieben wird, die falsche Fährte
in die Zukunft, oder was die Besserwisser
uns als Buckel aufpacken, die Dreckschleudern,
die Atomrechner, die Müllverteiler – wohin
soll ich gehn mit diesem Packen? Ich brech
in die Knie, endlich in die Knie, damit
ihr meine Schwäche erkennt, die ich
als Hass ausgab, als ausgespiene Wut, nichts
davon ist es, nichts, mein Schweiß ist es,
mein Angstschweiß, der eine Fährte zeichnet
für meine Verfolger: Ihr werdet mich haben,
mich packen, verderben;
doch nicht bis aufs Mark.
Das fließt rein aus und glüht und legt
den Kindern die Spur, den Lahmen, den wieder
Glücklichen, die ihr übersehen hattet. Sie
kommen, sie kommen nach und leben, was wir
aus Angst vergaßen, verdarben, verwarfen,
leben neu, was sich leben lässt, endlich
leben lässt. Aber warum so spät?

Gewidmet den Demonstranten und Polizisten
an der Rodung für die Startbahn West

DAS HAUS

Das Haus, das ich
vor ungezählten Jahren
verließ,
baut sich wieder auf,
wenn ich dir
davon erzähle:
es ist ein Lied,
das den Refrain
braucht,
um zu bestehn.
In seiner letzten
Strophe
habe ich mich
eingerichtet.
Ich lade dich ein:
Wir haben
ein Dach über dem Kopf,
eine Haut um uns
und werden
in den Wörtern
wohnen.

Dies Gedicht, lieber Hans Mayer, ist nun wirklich keines;
es reimt sich nur dank schwäbischen Weines:
Ich hab sie einmal frech verletzt, jung, und es war vor Jahren,
nun hab' ich in demselben Blatt auch meine Verletzung erfahren –
Sie aber, Lieber, haben mir nicht die Keckheit von einst entgolten,
Sie haben nicht, ein Nachtrag wär's, den Hölder statt meiner gescholten,
Sie haben gelesen, aus Kenntnis, und kritisch gewogen,
der Literatur und dem Leben zulieb unter »Zeit«-Gram einen Schlussstrich gezogen –

WULF SEGEBRECHT ZUM FÜNFZIGSTEN

Eben
beim Anhörn
von ETA Hoffmanns
Undine-Ouvertüre
tönte es
zwischen Klarinett
und
Violoncell:
Se
ge *(leiser)*
brecht.
Se
ge
brecht.
Und nur die Oboe
näselte
besserwisserisch
dagegen:
Küh
le *(lauter)*
born.
Küh
le
born.

Was ihr
die Klarinette
nicht
verübelte:
Der Anlass erlaubt es,
Ritter und Motive
zu
(ver)
wechseln.

Wer wälzt sich denn da im Gras vorn,
dass die Bäume sich biegen,
dass Gänseblümchen fliegen?
Es ist ein vergnügtes Nashorn.

Der Wald ist weg.
Die Piste betoniert.
Auf, auf zum Ozonloch!

ERSTRITTENES FREUNDESCARMEN

Wir haben gestritten,
uns angefetzt,
einer am andern gelitten,
uns oft verletzt.

Und doch sind die Sätze, die wir schrieben,
ein Stück unsres Lebens, unsrer Gemeinsamkeit.
Was wir erhofften, erträumten, ist längst nicht alles geblieben.
Was soll's. Für ein paar Geschichten nahmen wir uns Zeit.

Wir haben gemauert
und doch verloren.
Nie hat das Glück gedauert.
Keiner blieb ungeschoren.

Gereizt haben wir uns und nicht nur im Skat,
lieber Klaus – hör her und bleib moderat:
Du bist mir beides, Wetzstein und Kamerad.
Lass dich umarmen. Nimm's nicht krumm, halt dich grad.

Wir streiten weiter
und fetzen uns an.
Mal Weg und mal Bereiter –
so gut's ein jeder (noch) kann.

Der Trost,
den ich nicht hab,
treibt Blüten,
durchscheinend
vor der Nacht.

So
halt ich's
aus.

Ich habe den Frieden gesucht
in deinen Augen.
Du in den meinen.
Da lasen wir unsere Geschichte.
Kinderangst und Krieg.
Verfolgung und Hass.
Gleichgültigkeit und Wohlstand.
Aber auch das winzige Licht
zwischen Blick und Gedanken:
undeutliche Erinnerung
an das Vertrauen
zwischen Gott und der Welt,
aus dem wir gefallen sind.
Und wenn ich nichts fände
in deinen Augen
als eine Sternspur
von Liebe.

ABSAGE

Liebe ...,
ich stecke tief in der Arbeit an
einem umfangreichen Manuskript,
lerne da immer von Neuem
schreiben und kann schon darum
nicht den Faden verlieren und
über »Schreiben lernen« schreiben,
da ich, wie gesagt, lernend schreibe
und Schreiben unausgesetzt lerne.

EIN NARR SPIELT

Ein Narr hat einen Totenkopf
und einen Zauberspiegel
und einen Bleisoldatenknopf
und einen roten Ziegel

mit denen spielt er wenn er wieder
sich in der Stadtnacht einsam fühlt
und arme Scheddertrauerlieder
sein Kellerherz mit Pein gefüllt

vorm Zauberspiegel setzt er seinen
geliebten Vater Totenkopf
um zynisch Trauer auszuweinen
das hast du nun du armer Tropf

und wenn er sich sehr heldisch glaubt
setzt er den Bleisoldatenknopf
aufs ausgeweinte Narrenhaupt
das bist du nun du armer Tropf

und kratzt in seinen roten Ziegel
sein trümmeriges Tränenlied
weil er in seinem Zauberspiegel
sein Abbild tot und lebend sieht

KLEINER FLÖTENLIEBESSONG

Pan bläst Flöte auf den stillen
Träumen seiner lieben Welt
und macht Lärm aus den Gefühlen
die doch keiner lange hält

treibt sein Sehnen durch die Flöte
und den Hungertraum dazu
stößt aus diesem Lärmgeräte
einen Ton und der heißt DU

DU pfeift leise trunken Pan
spitzt den Mund zum Lieben,
schaut die Welt beseligt an
und ist hier geblieben

VERWANDLUNG

Eine unendlich zarte
Erinnerung streift vorbei
weil ich im Grase warte
werde ich selbst Salbei

und meine Geigenblume
hängt selig in der Luft
und frisst sich in die Krume
aus Blut und Schwefelduft

Von Gensfleisch nicht leben,
sondern mit Gensfleisch –
und davon nie genug bekommen;
Deins und Mainz nicht verwechseln,
ein Geviert nie im Geviert sehen,
wo man im Winkel Haken schlagen könnte,
nein, das nicht.
Lieber im Winkelhaken Lettern dressieren,
mit einem Divis Devisen vergessen
und in einer Cicero keineswegs Cicero lesen,
durchschießen und freischlagen
ohne jeglichen Schmerz –
weil eben gegautscht,
weil eben gegautscht!
Dies, lieber Juergen Seuss, verbindet uns:
Erinnerungen von Schweizerdegen
an aussterbende Künste,
die Sie aber –
Dank sei Ihnen! –
wieder beleben, aus Liebe
und darum unvergleichbar:
die Herrlichkeiten der Schwarzen Kunst.
Ein Magier, der Seuss, gewitzt und gegautscht,
englische Linien zu Horizonten ernennend
und Kapitälchen das Blühen beibringend –
verehrend gegrüßt von

JUBILÄUMS-CARMEN

Ich erinnere mich,
wie Herr Otto Hamkens,
ein Handelsherr in literarischen Dingen,
sich erinnerte
an Bücher,
die er,
sagen wir,
vor drei Dutzend Jahren
empfahl und verkaufte.

Er sprach von ihnen
wie von Leuten,
denen er gerne
begegnet war;
von deren Eigenheiten,
die sich ihm
einprägten,
Tonfall
und
Gestik.

Sie sind ihm
Freunde geworden,
deren ferneren
Weg
er freundlich verfolgt.

Manche werden,
weiß er,
wiederkehren:
Von der Zeit verloren
und gefunden,
Zeugen einer kleinen Dauer,
auf die
Herr Otto Hamkens,
er wäre kein
Handelsherr in literarischen Dingen,
baut.

Wenn Bücher
zu singen anfangen,
wenn Lieder
sich Bücher suchen,
wenn Bilder
Bände sprechen,
wenn Seiten
Sonaten aufnehmen,
wenn das Schweigen
wie ein Buch
redet,
dann begegnet uns,
lieber Päßler,
das Glück.

Von Herzen
und mit guten Wünschen
Ihr
Peter Härtling

FUSSNOTE

Am Fuß
der Note
streiten sich
Stille
und
Laut.

Sie
und
er
wissen zu viel
voneinander.

zum 60. Geburtstag
von
Wulf Segebrecht

NACHTIGALLEN

So wünschte ich euch nicht.
Nicht für den Tag.
Ihr habt ihn mit der Nacht
verwechselt
und geschrien, zu fünft,
zu sechst.
Auf eure Lieder habt
ihr gar nicht mehr gehört,
zerrtet an Melodien,
und auch die dritte
und die vierte
gab nicht auf, nicht nach.
In eurem Eifer habt
ihr den Mond, den sanftesten
von allen, die euch lauschen,
missachtet. Ihr zieht
es vor, die Sonne anzuschrein.

Bülbül, nicht so!
schrieb ich erzürnt
und müd von euch
aufs Fensterbrett.
Jetzt aber, entfernt
von eurem Baum, lös ich
die Lieder aus dem Lärm,
du hör euch einzeln,
jede einzeln. Wie
habt ihr mich getäuscht
mit eurer lauten Lust
zwischen Sonne und Mond.

EIN GAUKLER

ein gaukler
sieh die dunkel polierten scharniere
in seinem gesicht
öffnende welt
eine rasende bahnfahrt
in längst vergessne poeme

ein gaukler
erblick die verwehte geste
die aus seinem ärmel gleitet
die andern schon lange verloren
über den prärien ALASKAS
der pfeifende wind
atemloser
hör ihn
vertauch in gebärden
deinen blicklosen blick
hinüber mit deinen poemen
    denn du weißt es nicht
nie mehr
woher den vertollten gesang
der lust
aus den gelben ärmeln
sieh nach ob sie leer sind
vielleicht

ein gaukler
lausch den traumgesang
einer verrosteten mundharmonika
und pfeife auf MOZART
pfeif aber insgeheim nur
denn du liebst ihn
aus dem vulkan deines verglosten
herzens
lausch der schaukelnden barcarole
harlekins
der in den wassern der sehnsucht
quallos ersäuft
denk auch
du kennst keine qual
lebend in den porzellanaugen einer
uralten göttin
haust in den schluchten
ihres gewaltigen nabels
aber du fragst
wo wohne ich

ein gaukler
ohne die zeichnung der straße
zu kennen
gebietet er den chören der pyramiden
wer aber ahnt auch
die schweißtiefen tritte
tiefre als diese weiß ich dir keine
der stöhnenden sklaven

singend die last auf dem rücken
GOTT unser brot ist hart

seine süße wächst aus
den meeren der qual
du nennst sie menschheit

ein gaukler
er sagt mit einem verwischten
lächeln
unter der nase
scheiße
und seinen kuss haucht er
ins licht der laterne
die du sinnierst
wirkliche gibts keine mehr

scheiße
das leben
fällt ihm aus der geflickten tasche
und er vergisst
es zu halten
hau ab sagt er
und holt sich ein neues

ein gaukler
der wehmütige gesang
eines poeten von heute
figur einer nacht aus whisky
und verzweiflung
tanzt auf grellen plakaten
den wahnsinn

der keinen gehört
in allen brüllt
o seine hände die sich öffnen
und schließen
magische vergewaltigung
o seine beine in wunderbaren
rhythmen über
die städte der erde
schreitend
GAUKLER

(denen vom bernstein)

KIESEL FÜR WIESEL

Gedichte für Kinder

Kater, fleht die Katze,
reich mir deine Tatze.
Bin ich Mozart, schnurrt der Kater,
geh alleine ins Theater.

Hier hast du einen Hasen
mit zwei zu langen Nasen.
Aus beiden kann er blasen:
ein zweistimmig Hasenlied,
vor dem ein jeder Jäger flieht.

Der Elefant, den lieb ich sehr.
Er ist wie eine Lokomotive schwer.
Er hat ein Herz, das ist so groß,
dass meines in ihm schwimmen könnte.
Er frisst nur Blätter und nur Moos
und niemals eine Schweinelende.
Der Elefant, den lieb ich sehr.
Bald gibt es keine Elefanten mehr.

Ein dicker, schwarzer Bär
stellt feine weiße Milch her.
Das tut er nicht aus Vererbung,
sondern bloß für die Werbung.

VORAUSGEDACHT

Fliehende Häuser
und von Straßen
die Rede nicht mehr.
Wir könnten wohnen
zwischen zwei Steinen.

Aber es kann sein,
die Felsen blühen
zwischen den Zeitaltern
und es werden neue
Wörter gefunden
für Ich und Du,
Fels und Zeit,
Haus und Weg.

VOR DER ABREISE

Ich eile mir voraus
und frage mich zugleich:
Wozu die Hast?
Wäre es nicht besser
zu bleiben?
Doch ich habe mich
angesagt,
ich habe in Büchern
nachgelesen,
mir Notizen gemacht:
Worauf ich mich freuen kann.
Ich habe mich verabredet.
Ich werde erwartet
von mir.
Erleichtert in meiner Ungeduld
beginne ich
die Rückkehr zu planen,
den Vorsätzen
nachzureden.

HOCHZEIT IM PARK DES MUSEUMS FÜR KUNSTHANDWERK AM SCHAUMAINKAI

Was für ein Park!
Die Meierschen Quader,
die falschen Tore
werden von Kindern
herumgetragen, sie
glimmen und schmelzen,
und der Fluss prüft
im Spiegel ihr Gewicht.
Ein Kellner dreht
durch und spannt
sich zwischen zwei Bäume.
Drei junge Damen sinken
singend in eine
vergangene Epoche.
Die Braut haben sie
im höchsten Wipfel verstaut.
Dort hofft sie,
eine Windsbraut zu werden.
Der Bräutigam zählt die Gäste
zusammen und lässt sie
auf die Rechnung setzen.

BECKMANNS FLUSS

Es könnte sein,
Beckmann hat mit dem Main
gesprochen,
nicht nur nachts,
als er den Kopfverband
auswusch,
einer,
der nach dem Krieg
die alten Bilder
verwarf
und jene Brücken
versetzte,
die er für später malte.

Er gönnte sie
dem Gedächtnis der Stadt
nicht,
die ihn nicht schützte,
die ihn vertrieb.

In Amsterdam vermaß er,
ein Emigrant, Fluchtwege
mit Odysseus,
zählte Brücken,
gewann gewonnenes Land
und verlor es:
denn Grachten,
stellte er fest,
sind keine Flüsse.

Sprecht,
die ihr lebtet,
um unseretwillen
das erlösende Wort,
damit dieser
schmutzige Frieden
sich läutere –

WÄRME

Umarme eine trockne Seele,
damit ihr's nicht an Wärme fehle.
Streichle einen dummen Kopf,
besänftige einen bösen Tropf,
komm einer Gemeinheit in die Quere,
vertreib mit Phantasie die Leere
und mach das Alte wieder neuer –
aus der Nähe und mit Feuer.

MUSIK

Wenn Hannah singt,
dann tanzen die Ziegel auf dem Dach,
dann werden die Siebenschläfer wach,
dann kringeln die Mäuse ihr Schwänzchen
und wagen die Hamster ein Tänzchen.
Wenn Hannah singt
und ihre Laune klingt.
Mal süß und mal sauer,
mal falsch und mal genauer
und manchmal gänzlich verboten:
Das weckt sogar die Toten!
Und Schubert schreibt ihr die Noten.
Dann tanzen wieder die Ziegel,
werden die Miesepeter munter;
die Engel kriegen neue Flügel,
die Gedanken werden bunter:
Wenn Hannah singt
und wie Schubert klingt.

Neuerdings, ich weiß es,
werfen die Sterne Schatten,
ein wanderndes Muster,
das ich mit den alten
Namen versehe. Nur vertausche
ich sie, wenn ich tagsüber
zwischen ihnen springe:
Ein Kind
von der Hölle
zum Himmel.

THEOLOGIE

Licht,
das unter der Tür
in den Flur fließt, in die Nacht.
Wer wartet?
Ein Kind? Ein Greis?
Sie warten
auf das Wort,
die Antwort.

Was weiß der Baum von mir,
krumm gewachsen wie ich?
Ich bring dir Wasser, Baum.
Tauschen wir?
Du hast keine Ahnung vom Leben.
Ich auch nicht.
Das Leben zwischen uns
– der Schatten, die Sonne, die Leere –
kommt mit uns aus.

FÜR BÄCHLER

In Bechtles Badewanne
legte er ab
und fuhr den Neckar hinunter,
suchte für einen weitläufigen Gedanken
das Meer.

Nach Jahren aufs feste Land zurückgekehrt,
bestieg er ein Luftschiff,
ernannte Berlin zur Landschaft,
klingelte nachts an Apotheken
und verlangte zu Pillen getrocknete Verse.

Wenn wir ein Gespräch beginnen,
wissen wir,
wann es endet?

FÜR GEORG KATZER ZUM SIEBZIGSTEN

Wohnwörter,
Zufluchten für Sätze,
gebaut,
bevor die allerlei Geräusche
von Leben
sich dem Sinn verschließen
und einen brauchen:
dann öffnen die Wohnwörter
ihre Pforten.

ZUHÖREN

Manchmal höre ich zu,
wenn er zuhört.
Die Wörter werden
dann deutlicher.
Er vernimmt ihre Grenze.
Erzähl! denke ich.
Erzähl, was du hörst!
Erzähl uns, wie die Wörter dich hören:
Im Vertrauen.

Für Uwe Timm zum Fünfundsechzigsten

Quer unterm Vergessen –
ein Gegenwort
ein leuchtender Stein.
Ich weiß nicht,
ob ich darunter hinauskomme.

MEIN SCHATZ

Mein Schatz hat kein Gewicht,
mein Schatz, der ist nicht dicht
und nimmt mich in die Pflicht,
mein Schatz, der ist entgleist
und geht mir auf den Geist,
mein Schatz vergräbt sich selber
und wird im Herbst noch gelber,
mein Schatz ist mehr als nichts –
darum der Inhalt des Gedichts.
Das trage ich nun schleunigst heim:
Elf Verse, ausgedacht nur für den Reim.

GLÜCK FÜRS KIND

Glück spürst du,
wenn du schwebst,
dich von der Erde hebst,
leichter atmest,
schneller lachst
und im Traume heller wachst.
Glück ist, liebes Kind,
wenn du geschwind,
was du lieb hast,
in die Arme reißt,
und auf einmal weißt:
Du bist ich
und ich bin du.
Zu alldem kommt hinzu:
Was schwebt,
was euch hebt,
was euch heller macht
und verrückter
um ein kleines Stück:
Das, mein Kind,
das ist dein Glück!

HEIM ODER WEG

Ich spucke die Trauer aus,
einen Kern, auf dem ich kaute,
mandelbitter. Wohin?
Wohin soll ich mich wenden?
Ich habe mich verlassen, meine Geschichte
meine Erzähler. Als Kind
brauchte ich ein Orakel: Ich drehte
mich um die eigene Achse, schnell,
schnell, und spuckte einen Kern,
den ich zwischen den Zähnen hielt,
mandelbitter, in die Richtung, in die
ich gehen sollte: heim oder weg.

Wie viele Nähen.
Wie viele Sätze, mundwarm,
in Erinnerung mündend,
Schlimm wär's, liebe Christa,
wir verließen uns auf die Damals-Sager.
Ich lese, uns in die Gegenwart rufend,
was Du schreibst, wie die
Fortsetzung eines Briefs.
Lese es, als wäre es an mich gerichtet,
erzähle mir hinzu, wie wir uns trafen,
in Berlin und Leipzig, in Heidelberg
und Frankfurt, erzähle
von dem tanzenden Böcklein
auf dem Hof Eures Hauses im Norden –
Es gehört den Kindern, sagtest Du,
und ich erwartete die Stimmen der Kinder,
der Enkel zu hören, das Böcklein anfeuernd
und beruhigend.
Wie viele Gespräche über Aufbrüche,
reich an Entwürfen und geplagt von Zweifeln,
bis Du, die Mauer war gefallen,
auf dem großen Platz Deine Rede hieltest,
wieder reich an Entwürfen und überschattet
von Zweifeln – Wir trafen uns dann nur selten,
doch nie einander fremd – wie viele Nähen,
wie viele Sätze. Die Wirklichkeiten wurden

austauschbar: Auswanderer verwandelten
sich in Einwanderer. Sie ließen uns
Platz zwischen den Zeiten.
Auf bald! Auf bald!

Für Christa zum 18.3.2009

Was wird sein,
wenn ich Seepferdchen übers Land jage,
Sterne an Schnüren hinter mir herschleife,
was wird sein,
wenn ich in den Gedanken anderer untergehe,
wenn ich, mit den Jahreszeiten spielend,
das Kind in mir rufe,
Leben und Tod verwechsle,
um, im Spiel, zu überstehn.

SATZ FÜR SATZ

Einen Satz machen.
Mit einem Satz
ins falsche Ende krachen.
Mit einem Satz
über einen Tisch springen.
Das kann gelingen
mit einem Satz.
Doch ein Satz
hilft dir nicht unbedingt in die Höhe.
Mit einem Satz springen auch Flöhe
von Leib zu Leib.
So wechseln sie die Orte
mit einem Satz.
Denen fehlen allerdings die Worte.
Aus wär's dann mit der Hatz.
Ein Satz, der Wörter braucht,
kann nicht hüpfen,
muss Wort für Wort
in seine Bedeutung schlüpfen.

FRÜHLINGSGEDICHT MIT HÖLDERLIN

Dir schreibt er und mir,
er schreibt auch sich:
»Noch altert nicht mein kindischfröhlich Herz«,
und sagt seinen Tag auf, sagt,
was er sieht, was er vergisst:
die Schwäne, von denen er mehr will,
den Fluss, der seine Verse mitnimmt,
sagt auf, was er braucht, was vergeht,
die Hüterin Lotte und ihre Tröstlichkeiten,
die gefestigte Zuversicht und hellere Tage –
für Neuffer geschrieben,
für mich gedacht.

Durch Bücher wandern
ein Leben lang,
alt werden Seite für Seite.
Den Sätzen den Punkt entreißen,
dass sie dich begleiten können,
und jene erdachten Wesen beatmen,
bis sie sich wieder lieben.
Mit der Zeit wirst du ihre Namen
und ihr Leben vertauschen.
Es könnte sein, sie erfinden dich:
Ein Lesezeichen, versetzbar.

Aber du wirst, wenn du gehst,
in den Büchern bleiben,
eine Spur zwischen den Zeilen.

Wann erwarte ich von dem Engel,
den ich als Engel erkannt habe,
dass er mich hinter die Wand ruft.
Komm! Und mir
mein Lied singt.

KANN SEIN

Warum Schwermut, fragt das Kind,
das vor dem Abend die Wörter rückt,
was macht den Mut so schwer? fragt
das Kind und stößt die Wörter
über den Rand: Warum nur ein schwerer
Mut? Die Wörter stürzen und taumeln
hinunter, hinunter, lauter Fragen, die
das Kind ihnen nachruft und hört,
wie die Wörter ankommen,
aufschlagen, dumpf und krank.

GLÜCKGEDICHT

Zum Glück
sitzt die kleine Mück
ein Stück
weg an der Wand
von der Hand,
die neben ihr niederkracht
und Wind genügend macht,
der sie hebt –
und sie schwebt
hinweg ein gutes Stück
zum Glück.

2012

WENN DER KULI SPRICHT

Neben Kunert sitzen,
in der Akademie am Hanseatenweg,
in einer Kneipe in Klagenfurt,
neben Kunert sitzen,
ins Schweigen versunken,
kann, ich hab es erfahren,
im Staunen enden:
über Gespräche, die der
Meister mit dem Kuli zeichnete,
Köpfe und flinke Linien.
Ich hab die Papierchen
aufgehoben, manchmal
reden sie, werden laut,
brechen das Schweigen
und ich höre Kunert.

für G. K.

DISTANZEN 1–14

1.

Die Entfernungen nehmen zu,
die Gegend vor meinen Augen schrumpft,
in einem weiten Bogen, sagt ein Passant,
haben Kraniche die Stadt ausgespart.
Und in einem Satz, antwortete ich ihm,
ging ich mir verloren. Wie immer
redet weiter, was mich erwartet: Dieser
trübe Raum zwischen Einst und Heute,
in dem ich mich ansiedle mit
dem Rest von Zeit und Erwartung,
mit dem Blick auf eine Gegend,
die mich ausspart.

2.

Ich kann meine Schrift nicht mehr lesen.
Sie hat mich vergessen,
sie ging in alten Briefen unter,
ich schrieb sie seinerzeit,
an wen, frage ich mich, für wen
dieser klägliche Rest von Buchstaben,
Knäuel und Punkte,
Pausen und Kleckse,
so werden Gedanken gelöscht,
so treibt das Wort sich selber aus:
Ein Glück, dass es, früher geschrieben,
selber weiß, was es meint.

3.

Die Gärten von ehedem und jetzt
wachsen ineinander, überspringen
die Orte, die Grenzen, die Jahre,
das karge Lichterfeld-Eck, Sonnenstück
für wechselnde Kinderwägen:
jetzt tauschen die Stimmen sich aus,
jetzt wandern die Schatten,
jetzt halten die Sonnenflecken stand,
und auch die Rufe bekommen ein Echo,
wer weiß, wer wartet, wer hütet die Gärten.
Beinahe eine Musik, ein Lied, die Stimme,
die mit den Gärten wechselte, mit den Jahren,
den Jahreszeiten, den Nächten,
in denen der Gartenschlaf von den Vögeln
wach gehalten wurde, immer und immer noch.

4.

Ich erzähl dir vom Krieg und
suche nach Wörtern, die er gebraucht,
verdreht und zerstört hat.
Ich habe sie vergessen, nicht aber
die Bilder, die zu ihnen gehören,
sie haben so gut wie keine Farbe,
wie auch die Wörter keinen Sinn.
Welche Farbe hat die Angst,
und findet der Tod noch Wörter.
Das Kind in mir redet nicht,
es droht mich zu ersticken mit
den eingesammelten Schrecknissen,
die, weil der Atem wegbleibt,
nur gestammelt werden.
Ihr habt keine Aussichten, Kind,
sagte der alte ausgesparte Doktor,
er meinte, dass der Tod nicht endet,
im Leben hartnäckig bleibt.

5.

Die Rohrdommel kenne ich nur aus Geschichten,
Wenn die Rohrdommel ruft heißt eine.
Die Rohrdommel ist rund, hat weiches Gefieder
und dommelt, wenn sie singt.
Sie bewohnt ihren Namen. Manchmal
entlasse ich sie in Gedanken und
finde sie wieder im wilden Schilf.
Da gehört sie hin, das sei ihr Lebensraum:
meine Erinnerung an einen Namen,
der zum Körper wird, rund und geschützt
von weichem Gefieder –
ein Vogel fürs Gedicht.

6.

Woher weiß ich so viel über Länder,
in denen ich nie gewesen bin?
Ich bin als Kind in ihnen gereist,
als wir zwischen Ruinen unterwegs waren:
da redeten viele, wohin sie wollten,
was sie dort erwartete, an Wundern, an Größe,
und wie es sich dort wohnen ließe,
nichts werde ihnen dort genommen,
und ein jeder achte ihre Wünsche.
Später reiste ich dort und fand nichts,
was dem Kind erzählt wurde.

7.

Wohin? fragt die Elster vor der Tür.
Weißt du es? frage ich zurück.
Sie fliegt fort, nicht mir voraus.
Aber unterwegs lässt sie mir eine Feder,
schwarzweiß, ein Elsternweiser.
Und das Wohin öffnet sich,
ich lerne den Atem.

8.

Allmählich sinke ich in die Dämmerung.
Die Gedanken werden durchsichtig wie Libellenflügel.
Ein einziges Licht schärft ihren Umriss.
Woran habe ich gedacht? denke ich.
Was mich auffängt, weiß ich für eine Weile –
bis die Dämmerung der Nacht weicht.

9.

Dieser Stuhl am Horizont,
hingedacht von einem alten Maler,
er wird immer feiner, zerbrechlicher,
ein ferner Gedankenstuhl,
Rastplatz für Fortläufer, Zuweitdenker,
hingebaut auf eine Bühne,
die kein Blick erreicht,
ein Stuhl, der sich auflöst wie
ein Gedanke, der zu flüchtig war,
was der alte Maler sowieso weiß.

(In Erinnerung an Karl Bohrmann)

10.

Der dünne Mann, der vor Jahren
aus mir trat, mich verließ,
erscheint neuerdings, mich überraschend,
in düsteren Gegenden der Stadt,
mir entgegenkommend, herausfordernd
auf einem Parkweg. Grußlos löst er
sich, wenn ich ihn anrede, auf.
Von Mal zu Mal wird er, wiedergekehrt,
dünner und grauer. Ich stelle ihm nach,
ich möchte seine Stimme hören,
meine von damals. Noch einmal.
Aber er verschwindet und
ich werde es nach ihm.

11.

Schattenschieber bestimmen den Tag,
sie begleiten Greise, ahmen
ihre Stimmen nach, täuschen sie,
stoßen sie von den Beinen,
verdunkeln ihre Seele. Die hellen
Flecken, die ihnen entgehen,
sind das Futter für die Alten, treiben
die Schatten aus, putzen
die arme Seele.

12.

Die neuesten Nachrichten, die immer
neuesten Nachrichten wiederholen sich,
es sind die alten Geschichten,
längst mürbe geworden und lächerlich,
Sätze, Halbsätze einer Erinnerung,
die sich widerwillig erinnert.
Jetzt nicht, fleht sie, jetzt ist damals,
und das neue Elend kann
vergessen werden, verkommen
in der neuesten Nachricht.

13.

Das Kind jenseits des Krieges,
es hat seinen Namen verloren,
weiß aber die Namen tödlicher
Waffen, kann sie aufsagen:
es könnte davongekommen sein,
das Kind, aber es gibt noch Kriege,
sie reden ihm herein, sie reden es
sich aus, lärmend, ohne Aussicht
auf irgendein Ende. Das Kind
sucht Deckung, es singt
vor sich hin, es singt Lieder,
die der Krieg, der von damals, verdarb.

14.

Abendlicht, es zündet
unerreichbar am Horizont.
Es ist das Licht der Alten,
der Erinnerung, von weit her,
es bleibt nie auf Dauer, es
verschwindet, geht unter.
Ich sage dir, ich sage mir, es wärmt nicht,
es verheißt aber Wärme für
den Abend, deinen, meinen.

TRAUER UND WUT

Kinder werden ins Morden eingeübt,
Machetenschläger, fremd fürs Leben.
Nur in den Träumen spielen sie noch,
denken sich aus, was sie sein könnten.
Wach, vor dem Gefecht, werden sie
in den Rausch gestoßen, ausgeschickt
von Mordgesellen, die sich vergessen haben
und einen Gott zu Hilfe rufen,
dem die Kinder verloren gingen,
ruchlosen Lehrern überlassen,
die sie den Anfang nicht lehren,
sondern das Ende.

DER GARTEN VON DAMALS

Was vorher zu hören war,
als im Garten sich die Kinder
von gestern trafen, laut wie immer.
Es schmerzt, manches mit Namen
verloren zu haben. Könnte ich's rufen?
Wie immer teilen die Schatten
den Garten untereinander auf,
bewegen sich, als müssten sie die
alte Ordnung wieder finden, am Rand
des Sonnenplatzes, dort spricht es
sich leichter. Aber ihr müsst wissen,
ihr vergessenenen Geister,
dass ich unsere Sprache nicht mehr kann.

SCHRITTE IN DEN SOMMER

Mit kurzen Schritten in den Sommer,
Kinderschritte, die das Alter nimmt,
Blätter zählen, die warten, Blüten,
die ihre Namen noch nicht kennen.
Unter Wolken liegen, einem flachen Himmel,
leicht werden vor lauter Vergessen.
Ein paar Stimmen einsammeln, Rufe,
die aus dem letzten Sommer kommen.
Und der Gesang unbenannter Vögel rundum.
Mit kurzen Schritten misst du den Sommer ab:
Tage, deren Sinn schwindet, Nächte,
die sich öffnen für nie gehörte Musik.

IV. UNVERÖFFENTLICHTE GEDICHTE

FÜR KONSTANTIN

An manchen Tagen,
unverratenen,
wachsen Gedichte,
Gräsern gleich,
die sich berühren
und mit den Stunden
verschwistern
zu einem hellen Geflecht.

Vielleicht wirst
du sie lesen können
und mit ihnen sprechen:
werdet ein Teppich,
eine wandernde Matte,
die tönt!

VOR EURER ZEIT –

:es sind die alten Reime,

heimwehkrank
dann suchen wir unsere Bilder
im Glas
und warten auf den Untergang,
öffnen die Tür,
lärmend vor der Stille

und lassen die Totschläger ein

Die Nacht wächst dir
unter die Haut
und füttert die Erinnerung,
du siehst ein Kind,
das den Atem anhält,
fortläuft, hineinrennt
in eine Gegend, die es
nicht erwartet, fremd
reißt es Türen auf, will
heimkommen, ankommen,
lernt die Sprache der anderen,
Wörter, die keine Erinnerung
haben werden, die nicht wachsen
mitwachsen, bis sie sich
verlieren in der Nacht, der
nicht endenden Nacht.

Die Wetterfront, heißt es,
nähere sich und werde die
kommenden Tage bestimmen.
So könnte ein Krieg angekündigt werden,
für alte Männer ein drohender Satz,
welche Fronten ach immer, die sich
nähern: Mache dich bereit aufzu-
brechen, zu fliehen, zu verschwinden,
ehe die Front dich erreicht. Oder
geh in dich, höre auf zu fühlen, zu denken,
steig in den Keller, warte bis die
Einschläge sich nähern. Mit der Front.

Unter Arkaden der leichtere Teil,
eine erfundene Weinstube
für die böhmische Verwandtschaft.
Nun weiß ich ein besseres Liedel
für die Babitschka,
ich konnte es schon singen.

Ich gehe den Wörtern verloren,
sie hinterlassen mich nicht
ohne Spuren – schimmernde
Innenwände von Vokalen,
Leuchtspuren von vergessenen
Geschichten. Allmählich
hole ich sie ein und buchstabiere
die Schatten, die sie boshaft
werfen: Späte Entwürfe vom Leben.

Es könnte sein, die Wüsten wachsen
unter der Erdhaut bis an die Ränder
meiner Städte und verstören, woran
ich denke. Flüsse gehen mir verloren
und die Felsen im Michaeler Ausfall
beginnen über den sandigen Grund zu gleiten.
Olmütz, alte Stadt, Olomouc,
die ich bewahrte in einem Abzählvers:
Zwei Plätze in der Mitte,
zu groß für Greisenschritte,
vier Heilige in der Eck –
du bist weg.

DIE HÜGEL UND DIE STADT

Wer hinuntergeht
in die Stadt,
den Heiligen die Mäntel
zu stehlen,
kann sie am Abend
ausbreiten
auf den feuchten Hügeln,
die Säume auftrennen,
nacheinander,
die Geheimnisse freilassen:
verwirrtes Nachtvolk.
Aus Wörtern, gestirnten Silben,
bereit für ein Amen
und untauglich für den Tag.

Ach, Zbigniew, sprechende Seele,
warum haben wir uns aus den Augen
verloren? Du unterbrachst dein
brüderliches Lachen, reistest ab,
um zu sterben. Und ich, Zbigniew?
pflücke jene Papierblume, die wir
einer Dame überreichen wollten, die es,
wie du sagtest, zu vergessen lohnt.
Und ich, Zbigniew, verlebe, ohne Weiteres
und ohne deine belebende Nähe, den Rest.

Den Tagstern mitgeschleift
und die Erwartung gemessen.
Welche Stadt wird mich erobern,
welche Gegend. Ich bin
nicht listig genug,
die Sterne zu täuschen,
auch kenne ich die Sprache
meiner Enkel nicht –
die anderen Wörter, die anderen Sterne.
Der andere Tag, der mich vergisst.

Der alte Fluss überschwemmt am Ende
ein Schlachtfeld. Mahler hat es geheiligt mit
seiner Musik. Revelge. Trommeln und Trompeten
für die brüderliche Klage. Ein
Brief mit Trauerrand ins Mährische
an eine namenlose Braut.
Nun kannst du hören, wie
die schönen Trompeten blasen
und
vergiss nicht, dem Trommler nachzulaufen.

Die Tischplatte unter meiner Hand
wird kühl. Ich reibe die Erinnerung
an vergangene Abende aus dem
schrundigen Holz. Allmählich nimmt es
die Wärme meiner Hand auf. Ich
höre, wie Gespräche beginnen, das
Gelächter der Kinder, ich höre
eine Musik aus Stimmen und spüre,
was gewesen ist, unter meiner Hand.

FRÜHE GEGEND

Wandern die Pappeln noch
in strengem Zug
die Burgstädterstraße entlang?
Der Kinderhimmel hängt tief
und macht den Atem schwer
und die Stimmen, die noch lang
mir in das Gedächtnis redeten,
sind alle verstummt: Was mir
fehlt, kann ich nicht rufen.
Zwei Mal hatte das Land sich vergessen
in Volksgeschrei und Größenwahn.
Aber im Garten hinterm Goßelternhaus
wartete in der Laube das Dreirad
des Enkels auf die große Reise.

Träume sind es, die sich als Träume ausgeben,
ins Fließen geratene Tagesreste, bilderlos,
wortlose Müdigkeiten, eine weiße Erinnerung,
weiß, voller erloschener Bilder, Aschenbänder
anstelle von Wegen, diese Spuren, kurz
vor dem angehaltenen Atem träume ich. Nichts.

Mehr weiß ich von den Amseln nicht,
die draußen im Garten
für die Unrast meiner Blicke sorgen:
schwarze Gefährten, denen sich die Sonne
ins Gefieder legt, und nachts nur
mit Geräuschen da, Amselrufen, die ich
nicht auseinanderhalte: wie kann ich dich
verstehen, klage ich, im Halbschlaf,
weiß ich ob du Amsel bist oder Lerche.
Es könnte aber, in einer Metamorphose,
auch die Nachtigall sein: jetzt,
jetzt in der endlosen Schlaflosigkeit
singt sie, was ich in Gedanken wiederholte:
Du könntest den Morgen noch schaffen.

Vielleicht leiser und sprachloser
in diesem allzu frühen Sommer,
erscheint ein flüchtiger Gast,
ein Sänger, ohne Wörter und mit Noten,
ein Glückspilz, davongekommen aus
den Kriegen, die mir die Kindheit verdarben.
Er lehnt sich gegen die bröckelige Fassade
eines Hauses in Olomouc, wutzelt sich
eine Zigarette, eine Tüte, die berauscht,
ruft das Hündchen, das wir, bevor die Russen kamen,
aussetzten, ein Kläffer von Adel.
Und ich sehe ihm zu, wäre er ein Spiegelbild,
ein Doppelhänger, sage ich mir, wie ich als
Schatten in der steinernen Wand ...

(Anmerkung des Hg.: Die letzten beiden Wörter des Gedichts könnten »bleiben« oder »überdauern« heißen. Eindeutig ist keines der beiden Wörter zu identifizieren – deswegen und weil diese beiden Lesarten nicht in Einklang zu bringen sind mit der Schlussphrase des Gedichts, wurden an dieser Stelle drei Punkte gesetzt.)

Den Abend mit einer Zeile
anreden, warten
bis das Licht die Kraft verliert
und in Gedanken
alle Städte bündeln, die Alleen
und die Promenaden am Fluss,
den Lärm, der den Tag ordnet,
den rumorenden Morgen, den
Mittag mit seinen hellen Geräuschen,
den Abend mit seiner dumpfen Rede –
jetzt, in diesem Augenblick,
da alles zusammenfällt, ich
in den Schlaf stürze, traumlos
und ausprobiere, wie ich für alle Tage
mich vergessen könnte.

Sonnenflecken einsammeln wie alte Münzen,
sie gehen unter die Haut,
härten sich ein mit den Jahren,
werden hell, fühlen sich seiden an.
Manchmal beginnen sie zu duften,
Rosen gleich, und wenn die alte Hand sie reibt,
erinnern sie an Wörter und Gärten,
die voneinander wissen und sich
darum vergessen: längst
unter der Haut, für immer,
bis in den langen Schlaf: Sonnenflecken.

AN DIE ENKEL

An die Enkel
Ihr geht mit Bildern um,
die euch fremd sein mussten.
Ihr verständigt euch in einer Sprache,
die Gedanken auslässt.
Ihr spielt
mit der Welt
und merkt es nicht.
Manchmal geht ihr euch selbst verloren.
Manchmal spürt ihr eure Einsamkeit
und
sucht nach einem, der euch zuhört,
dem ihr erzählen könnt
von euch,
und ihr staunt,
wer ihr seid.

Das Geweb zwischen den Steinen,
den Gräbern reißt,
Nachrufe geraten zwischen das Laub,
die freundlichen Sätze
faulen nicht zu bald.
Die Zukunft hat sich in einem Totenhaus
verkrochen, eine verschüchterte Türhüterin.
Überstürzt brechen die Steine auf.
Wer sie erwartet, kann ihr Schweigen verstehen.

MORGENATEM

Dieser Morgenatem, der
das Fenster trübt, aber er genügt,
ein paar Wörter festzuhalten:
leicht wie Vogelfedern, für
den Tag ohne jedes Gewicht:
so atme und schreibe und
gewinne mit diesen Wörtern
den Abend. Ein Atemzug
genügt.

15.1.2014

Nicht zurechtgefunden
zwischen Tag und Nacht,
die Grenze verletzt,
ohne den Ausweis für Gegenwärtigkeit,
unter Verlust einiger Wörter,
ausgeglitten auf dem Morgenlicht,
in die Luft gegriffen,
bis die Hände sich
vergessen hatten.
In welcher Nacht,
an welchem Tag?

NACH ALLEM SCHWINDEL

Der Schwindel, dass der Halt
verloren geht. Die Wörter sich auf den
Kopf stellen, ausgelassen und wund:
diese Musik ist für den Schluss gespielt,
seelenkundig, fasernbrüchig, jetzt
kannst du stürzen, nach allem Schwindel,
kannst in dir tanzen und
mit dir aufhören.

Was, wenn einer den Hut nimmt,
den er nie trug, und geht –
nur der Redensart wegen?
Was, wenn vor der Tür
sein Schatten auf ihn einspricht,
bis er über ihn springt?
Was, wenn ein Vogel so singt,
dass er neben die Erinnerung gerät?
Das ist, sagt der Mann ohne Hut,
das ist das Glück der allzu späten Jahre.

WINTERWÜNSCHE

Ich könnte einem Kind seine Geschichte schenken,
ich könnte diese lähmende Jahreszeit verlassen,
ich könnte meinen Händen das Alter austreiben,
ich könnte, vielleicht, den Himmel verschieben,
ich könnte die Buchstaben der Liebe einsammeln,
ich könnte mit einem Blick aus dem Fenster den Garten verewigen,
ich könnte den Atem anhalten, um nicht schreien zu müssen,
ich könnte eine Weile mit meinen Toten reden,
ich könnte verlassen, woran ich mich erinnere,
ich könnte mich begrüßen und aus mir davongehen.

MIT KINDEROHREN

Setz dich, hörte das Kind –
der mährische Onkel, der Onkel Beppo,
sprach wie nebenher,
rückte den Stuhl vors Grammophon,
vor den Tonrüssel:
Setz dich und hör zu.
Der Onkel konnte zaubern,
überraschte mit Lust,
malte schöne Frauen und Vögel mit langen Hälsen
auf Elfenbeinblättchen, er fing Krebse
und setzte Karpfen in der Badewanne aus,
er gab Likören Naturgeschmack und Farbe,
dirigierte, wie sein Freund Waldhans,
Smetana und Dvořák auf dem Balkon,
damit Hitler und seinen Germanen
das Hören vergeht.
Setz dich und hör zu:
Es ist seine Musik, meine Musik,
ich habe ihn gekannt,
Leoš Janáček, merk ihn dir.
Ich hörte, er redete manchmal dazwischen:
Das ist Mährens Stimme!
Streichquartett Numero zwei, rief er,
»Intime Briefe«, Liebe in musikalischer Rede,
das verstehst du noch nicht, wirst es verstehn.
Er schaffte es, mein mährischer Onkel,
dass ich Janáček bis heute
mit Kinderohren höre.

FEST-GEDICHT

Den Abdruck von Händen
im Gedächtnis der Haut
und Wörter, die Flocken gleichen,
lautlos, in ihrer Bewegung zu lesen –
es ist das Kind, das im Schlaf
vor den Festen der Vorfreude
Angst auferlegt und seinem
kurzen Atem Bitten mitgibt:
Seid bei mir und lasst mich allein.
Ich habe keine Stimme für den Segen
und den falschen Dank habe ich nicht gelernt.

AN EINEM WINTERMORGEN

Zu viel vom Schnee hab
ich gelesen
bei Hebel und
bei Walser,
vom reinen Schnee
und den Flocken
wie Buchstaben. Könnten sie mir
meinen Schmerz
kühlen. Jetzt hab ich
die frierende Sonne,
die mich vorbereitet
auf einfache
Sätze:
Nur noch schwarze
Steine
unterm Schnee,
keine Bilder
von ehedem
und
keine Strophen mehr,
die ich auswendig
sprach
wie die Flocken
heute früh.

Manchmal müd,
doch nicht mürb,
offen für Stimmen,
vor allem die des Kindes,
wild und wütend,
nachts den Atem übend
für die immer geträumte Flucht.
Bereit für Wörter
und nahe der Liebsten
in Gedanken unterwegs,
aber schlecht zu Fuß –

AUF EIN BILD JACOPO PONDORMOS

Signor!
Anreden lässt er sich nicht,
der junge Goldschmied,
vielleicht ein Freund des Malers Pondormo.
Signor!
Er bleibt für sich,
sein Blick leert den Raum,
vergisst sein Gegenüber,
das die Lippen feuchtet
und ihn um ein Wort bittet,
er sagt es nicht,
überlässt es dem Maler.
Signor?

(für Elisabeth und Rolf)

ZUR ZEIT

Es wird zur Gewohnheit,
Schnee aus dem Fenster zu schütten,
den es noch nicht gibt.
Den Kindern zuliebe.
Welchen Kindern?
Denen, die den Märchen glauben,
denen, die auf der Flucht sind,
die den Schnee bluten sahen
und keinem Fest mehr trauten.
Die Krippen sind nämlich belegt,
Ochs und Esel hören auf eine andere Sprache,
Hirten sind mit Gewehren verwachsen,
und der große Engel
verkündet
das Altern der Kinder
und das Schwinden der Liebe.

AM RAND

Am Rand,
du weißt es,
wartet, was nicht ist,
vom Rand,
du weißt es,
fällst du fort von dir,
reißt mit, was dich schwer
machte, Leben,
was dich leicht
machte, Liebe.
Am Rand halten dich Träume
noch auf, wollen
nicht enden,
und eine Musik für
vier Gedanken in f-moll,
die dich
begleitet.

Alte Geschichten mit Rändern aus Ruß,
Wörter, die nicht ins Gedächtnis finden,
es sind Erzählungen aus einem anderen Leben –
Die Städte, findest du, haben ihren Namen gewechselt.
Die Flüsse, an denen sie liegen, ihre Richtung.
Im Sonnenfrost erstarren die Mücken,
knisternde, im Gegenlicht durchsichtige Türme.
Was kommen wird, lässt sich kaum mehr denken –

INS NEUE JAHR

Leichter werden.
Die Seele will flüchtig sein.
Du musst die Tage nicht mehr zählen:
Dort, wo sie dich nicht mehr aufnehmen,
wirst du den Gesang hören,
nach dem du dich sehntest.

Mit dem Schatten der Blätter
schreiben,
Ahornbuchstaben,
Lindenwörter, Gingkosilben,
und es könnte dein Sommer werden,
Blatt für Blatt,
Schatten auf Licht,
dies Geflecht, das du nur
mit Mühe lesen kannst,
das Helligkeit braucht,
eine leise Stimme, deine,
die du nicht hören kannst,
zu leise, gebettet auf Schatten,
auf Blättern.

DEPRESSION

Ich bin mir mein Wegelagerer,
ich beute mich aus,
an jener Wendung des allzu
langen Wegs laure ich mir auf,
frage mich aus und will nicht wissen,
wer mich verwundet, unterwerfe mich
und gebe mich auf, klägliche Beute,
die fand ich am Wegrand, wehrlos
und ohne aufzubegehren, sodass die Wörter
mich aufgaben, für immer.

Immer wieder hat mich die Schwermut
der großen Ströme mitgenommen, ich
träumte mich an ihre ausgeschliffenen Ufer
und sah die Spiegelbilder der Städte vorübergleiten,
sah, wie sie sich in den Algenwäldern verfingen,
ins Schlingern gerieten, dem Gedächtnis eine Zumutung.
Charon, der Wassersänger, zieht quer seine Spur,
und hält, sich nachlauschend, den Strom für einen Augenblick an.

Wörter tauschen wie Ringe,
Jahre tauschen wie Atem,
in die Wörter gehen,
der Liebe auf den Grund,
in die Jahre kommen –
mit
einander.

Für H. J. Gelberg

ANHANG

MITSCHRIFTEN
DIE »SPÄTEN GEDICHTE« VON PETER HÄRTLING

von Klaus Siblewski

1.

Im Oktober 1946 legte Härtling das erste Mal ein Blatt Papier vor sich hin, nahm einen Stift und überlegte, wie er beginnen wollte. Knapp vierzehn Jahre war er damals alt. Seine Mutter war aus dem Leben geschieden, und er hatte sich entschieden, mit Schreiben sein Leben zu bestreiten. Diesen Rückschluss lassen Härtlings Andeutungen in seinen späteren autobiografischen Schriften zu, genauso wie die Tatsache, dass er schon hier genau zu wissen glaubte, was seine Themen waren. Er wollte schildern und festhalten, was er während des Krieges gesehen und auf der Flucht erlebt hatte. Angriffe von Tieffliegern auf Flüchtlingstransporte, zerbombte Bahnhöfe, verwüstete Städte und einen toten Soldaten, den er gesehen hatte. Das war am Bahnhof in Zwettl gewesen, einer der Stationen auf Härtlings Flucht. Der Anblick dieses Mannes hatte ihm zugesetzt und hing ihm lange nach.

Dass Härtling zu dieser Zeit mit Schreiben begann, darf als gesichert gelten. Dass er Prosa schrieb und dass seine Kriegs- und Fluchterfahrungen sein Thema waren, ebenfalls. Was genau er zu Papier brachte, ist dagegen nicht überliefert. Die frühen Manuskripte müssen als verloren gelten. Härtling wird sie vernichtet haben. Diesen Umgang mit Manuskripten, die ihn nicht zufriedenstellten, pflegte er zeitlebens. Doch manches gab er auch aus der Hand und an andere weiter. Und das betrifft auch einige seiner frühesten Texte.

Zu der Zeit hatte Härtling einen Mentor. Es war der wesentlich ältere Bildhauer und Maler Fritz Ruoff, der einzige Freund, den er nach seiner Flucht und Ankunft in Nürtingen gefunden hatte. Ihn besuchte er regelmäßig nach der Schule. In dessen Bibliothek durfte er nach Büchern suchen, die ihn interessierten, und sie sich ausleihen. Zugang zu einer solchen Bibliothek zu haben, war im Nachkriegs-Nürtingen ein Privileg. Mit diesem Mann konnte Härtling aber auch über Kunst sprechen, über Maler wie Beckmann, Picasso und Miró. Das waren unersetzliche Gespräche für ihn.

Ihm, Fritz Ruoff, brachte Härtling seine mit Hand geschriebene Prosa und bat ihn, sie zu lesen. Ruoff nahm die Seiten entgegen, doch mit der Reaktion seines Mentors hatte der junge Härtling nicht gerechnet. Er schwieg, und das mit eiserner Konsequenz: Härtling hat von Ruoff nie gesagt bekommen, was er von seinem Prosakonvolut hielt.

Warum Ruoff nichts zu seinen Texten sagte, konnte Härtling sich nicht erklären. Nachfragen wollte er auch nicht. Eine schmerzhafte Ahnung hatte er trotzdem. Ruoff wird nicht gefallen haben, was er geschrieben hatte, und vermutlich wollte er ihn nicht kränken. In dieser Klarheit jedoch konnte Härtling sich das nicht eingestehen. Immerhin stammten diese Seiten von ihm! Er war der Autor dieser Erzählungen, und von sich als Autor hatte er bei aller Bescheidenheit eine hohe Meinung. Außerdem war ja auch denkbar, dass Ruoff sich vielleicht nicht traute, ein Urteil zu formulieren. Er war bildender Künstler. Sprachen sie über Literatur, wurde Ruoff einsilbiger. In literarischen Dingen war er nur wenig gebildet. Ging es um Skulpturen, war er weniger skrupulös. Er formulierte ein klares Urteil und musste nicht lange überlegen, was er von dem Gegenstand seiner Betrachtung hielt. Härtling fand genügend Gründe, der Einsicht auszuweichen, dass Rouff seine Prosa nicht mochte.

11.

Bei einem seiner nächsten Besuche bei Ruoff überraschte dieser Härtling mit einer Zeitungsseite. Er breitete sie auf einem Tisch aus und wies Härtling auf ein Gedicht hin, das dort abgedruckt war. Der Autor hieß Jakob Haringer. Ein von den Nazis verfolgter Mann, wie Ruoff betonte. Er hoffte offenbar, dieser Hinweis würde Härtlings Interesse steigern.

Und Härtling las. Das Gedicht hieß »Der Bücherkasten«. Etwas Vergleichbares, das musste Härting eingestehen, hatte er – der Viel- und Allesleser – noch nicht zu Gesicht bekommen. »Aber des Herzens verbrannte Mühle tröstet ein Vers« – dieser Vers überwältigte ihn. Anders konnte er nicht umschreiben, was bei der Lektüre dieser Zeile in ihm vorging. Jedes Wort bezog er auf sich. Dass seine Seele *Verbrennungen* davongetragen hatte, stand für ihn außer Frage. Keine dreizehn Jahre war er alt, als er zusammen mit über dreißig anderen Flüchtlingen in einem Viehwaggon von Wien nach Nürtingen in Schwaben saß. Beide Elternteile hatte er verloren. Vom Tod des Vaters in einem russischen Gefangenenlager wollte man ihm zunächst nichts erzählen. Kurz nach der Ankunft hatte die Mutter und die Großmutter diese Nachricht erreicht. Beide hielten den Jungen nicht für gefestigt genug, um sie zu verkraften, und schwiegen. Aber er erfuhr doch davon, als er ein Gespräch seiner Mutter mit den mitgeflohenen Verwandten belauschte. Als Ruoff ihm das Gedicht von Haringer zu lesen gab, stand er noch unter dem Schock dieser Nachricht.

»Die Lebenden gehen von uns, da sie immer bei uns sind.« Diese Zeile war für ihn in gleicher Weise nachvollziehbar und beeindruckend wie die Wendung mit der »verbrannten Mühle«. Auch sie verknüpfte Härtling mit Erfahrungen, die er in jüngster Zeit gemacht hatte. Nicht nur sein Vater war tot, auch seine Mutter hatte sich das Leben genommen. Beide so geliebten Menschen waren fort und dennoch waren sie Teil seines Lebens geblieben. Hörte er darauf, was in seinem Inneren vorging, dann musste er sogar sagen, als Tote waren sie ihm gegenwärtiger, als sie das als Lebende gewesen waren. Und wagte er einen Ausblick in die Zukunft, dann hatte Haringer recht, wenn er von den Toten sagte, sie seien »immer bei uns«. Mit seinen Eltern war genau das eingetreten. Sie begleiteten ihn bei allem, was er tat.

III.

Härtling war fasziniert von der Ausdruckskraft der Verse Jakob Haringers. Das Kondensierte der Formulierungen beeindruckte ihn. Mit jedem neuen Wort öffneten sich weitere Regionen seiner Erfahrungswelt. Das hatte etwas Überraschendes, Einleuchtendes und zugleich Klares. Wie aber gelangt es Haringer, diesen Effekt herzustellen? Die Antwort war so einfach wie kompliziert: Es war die besondere Form. Sie ermöglichte das Herstellen solcher Effekte. Verglich er das Kompakte dieser Sprechweise – die Menge an Erfahrungen, die mit wenigen Worten lebendig gemacht werden konnten – mit der Umständlichkeit des Geschichtenerzählens, dann gab es aus der Lektüre von Haringers »Bücherkasten« nur eine Lehre: Auch er musste es mit dem Schreiben von Gedichten probieren, und vielleicht würde Ruoff darauf weniger wortkarg reagieren als auf seine Prosa. Einen Versuch war es wert.

Zu Hause in der Neuffener Straße begann er mit dem Schreiben erster Verse. Anders als er befürchtet hatte, fühlte er sich rasch sicher in der neuen Form, und ihm gefiel, was er zustande brachte. Und es fand sich eine Möglichkeit, seine Texte zu veröffentlichen. Mit vierzehn, fünfzehn Jahren hatte er Kontakt zu einem Lektor gefunden. Sein Name war Kurt Leonhardt. Er arbeitete für den Bechtle Verlag, sprach mit ihm über seine Texte und stellte Härtling in Aussicht, ihn zu veröffentlichen. Vom ersten Kontakt mit diesem Mann bis zu der zugesagten Publikation eines ersten Gedichtbandes vergingen dann allerdings Jahre. Aber einen guten Titel hatte er für seine Sammlung bereits gefunden. Er nannte sie »poeme und songs«. Seit der ersten Lektüre von Haringers »Bücherkasten« war Härtling entschlossen gewesen, Gedichte zu schreiben, aber nicht in einem traditionellen Sinn. Er hatte weitergelesen, was ihm an Lyrik unter die Finger kam, und neben Rainer Maria Rilke, der ihm sehr wichtig wurde, sah Härtling die Texte des französischen Dichters und Sängers Jacques Prévert als beispielgebend an. In Anlehnung an dessen Texte für Lieder schrieb Härtling nach seinem Selbstverständnis *Poeme und Songs*. Als diese erste schmale Sammlung erschien, war er keine zwanzig Jahre alt. Früher als Härtling begann keiner der Nachkriegsautoren zu veröffentlichen.

Als er neunundzwanzig wurde, hatte er bereits vier Gedichtbände publiziert. Aus dem jugendlichen Dichter war ein erfahrener Schriftsteller geworden.

IV.

Trotz dieser frühen Erfolge war das Schreiben von Gedichten natürlich nicht Härtlings Hauptbeschäftigung. Er brauchte einen Brotberuf und wählte den Weg in den Journalismus. Er wurde Volontär bei der *Nürtinger Zeitung* und fand einige Jahre darauf eine feste Anstellung als Redakteur bei der *Heidenheimer Zeitung*. Das Schreiben von Gedichten sollte ungeachtet dieser Beanspruchungen nicht zu kurz kommen. Dazu entwickelte er eine eigene Form des parallelen Arbeitens. Er ging seiner Arbeit als Journalist mit der nötigen Konzentration nach, hatte im Hinterkopf gleichzeitig immer den Gedanken, dass er ein Lyriker war und sein Schreiben fortsetzen wollte. Das bedeutete, er war nicht auf der Jagd nach neuen Gedichten. Einfälle aber, sobald sie sich einstellten, wollte er nicht ungenutzt vorbeiziehen lassen, weshalb er Notizen machte, wann immer er eine Lücke fand. Es war ein »begleitendes Schreiben«, das auf alltägliche Szenen und Erlebnisse reagierte.

Er saugte auf, was ihm täglich begegnete. Während seiner Zeit bei der Heidenheimer Zeitung hatte ihn eine Sekretärin erst »Benjamin« gerufen, weil er der Jüngste unter den Mitarbeitern in der Redaktion war. Diesen Namen verkürzte er auf »Jamin«. Härtling hatte dieses Namenskürzel aufgegriffen und es in »YAMIN« umgewandelt. Aus »YAMIN« hatte er dann die Figur gemacht, die in jedem seiner Gedichte, die er in dieser Zeit schrieb, auftauchte, und mit dem er, ohne dass er von sich selbst sprechen musste, an seine täglichen Erfahrungen anknüpfen und sie in Gedichten verarbeiten konnte.

Diese Art des Arbeitens erwies sich für Härtling als äußerst produktiv. Gedicht nach Gedicht entstand, und 1955 erschien der Band »Yamins Stationen«. In diesem Band fand er wohl erst mal zu seinem ganz eigenen Stil und seiner ganz persönlichen Art, Gedichte zu schreiben. Er machte ihn über die Region hinaus bekannt.

1962 erschien Härtlings vorläufig letzter Gedichtband »Spielgeist Spiegelgeist«. Der nächste wurde erst 15 Jahre später, 1977, veröffentlicht. Mit dem Jahr 1962 war eine Entwicklung zu Ende gegangen, die am Tisch von Fritz Ruoff, als sie sich über die Zeitungsseite mit dem Haringer Gedicht gebeugt hatte, begonnen hatte: der Weg zum Gedicht. Nun folgte Härtlings Wiederentdeckung der Prosa als seiner Ausdrucksform.

V.

Bereits in der zweiten Hälfte der 1950er-Jahre hatte er wieder begonnen, an Prosastücken zu arbeiten, und es 1959 – nach den unglücklichen Anfängen – sogar mit einem ersten Roman versucht. Aber den Durchbruch brachten erst die 1960er-Jahre. Mit »Niembsch oder Der Stillstand« (1964) wurde er zum geachteten Romancier. Zehn Jahre später folgte »Eine Frau« (1974). Viele Leser, die Härtling in dieser Zeit kennenlernten, wussten gar nicht, dass sie es mit einem Lyriker zu tun hatten, der sich über Jahre hinweg erst zum Romanautor entwickelt hatte. Härtling jedenfalls folgte weiter seinen Einfällen und beschäftigte sich mit erzählenden Manuskripten und behielt das Schreibprinzip aus seinen Anfängen bei. Sollte sich der Einfall zu einem Gedicht zeigen, dann würde er sich diesem Einfall nicht verweigern und ihn notieren und erproben, ob er geeignet genug war, in einer lyrischen Form ausgearbeitet zu werden. Stellten sich keine Einfälle von dieser Qualität ein, dann konnte er das gut akzeptieren und die Arbeit an seinen erzählenden Büchern fortsetzen.

Dieser intuitive und zwanglose Umgang mit dem Gedichtschreiben bedeutete nicht, dass er von dieser Form Abstand genommen hätte oder das Bedürfnis verloren, Gedichte schreiben zu wollen. Nach einer langen Zeit, in der Härtling nur gelegentlich ein Gedicht schrieb, intensivierte sich die lyrische Produktion Ende der 1990er-Jahre wieder. Mit dem ersten in diesem Band gedruckten Gedichtband im Jahr 2000 – »Ein Balkon aus Papier« – begann Peter Härtlings zweite Phase konzentrierter Arbeit an Gedichten. Doch er verstand sich in der Hauptsache als Romancier. Das Romaneschreiben war seine Hauptarbeit, und sie wurde vom Schreiben von Gedichten begleitet. In diesem ergänzenden Schreiben fand er zurück zu der hohen Dichte seiner ersten Jahre, als er seine Karriere als Journalist verfolgte, und schuf ein lyrisches Werk, das seinesgleichen suchte.

Eine wichtige Rolle spielte dabei eine Schreibmaschine. Härtling kaufte sie, während er mit den Gedichten für seinen YAMIN-Band beschäftigt war. Ein ernst zu nehmender Autor müsse über eine eigene Schreibmaschine verfügen – davon hatte Härtling ein Freund in der

Heidenheimer Zeitung überzeugt. Härtling fand sie in einem Geschäft in der Stadt: Es war eine Reiseschreibmaschine mit dem Namen »Hermes Baby«. Sie war, gemessen an seinen damaligen Einkünften, teuer, aber er kaufte sie auf Ratenbasis.

Auf dieser Maschine entstanden die YAMIN-Gedichte. Später, als er an seinen Romanen arbeitete, tauschte er sie gegen ein größeres Exemplar aus. Sobald er aber Gedichte schrieb, griff er zurück auf die »Hermes Baby«. Davon wich er auch viel später, als er bereits ein iBook für seine Prosa benutzte, nicht ab. Es gibt eine Fotografie, auf der diese Schreibmaschine auf dem zugeklappten iBook steht, ein frisches Blatt Papier eingespannt.

Die Arbeit an Gedichten und diese Schreibmaschine waren für Härtling eng miteinander verbunden. Und die Reiseschreibmaschine ging auch tatsächlich mit ihm auf Urlaubsreisen. Sollten sich passende Einfälle einstellen, wollte er gerüstet sein, und beim Niederschreiben und Ausarbeiten seines Einfalls sich mit der »Hermes Baby« eine Atmosphäre wie beim Schreiben seiner frühen Gedichte schaffen. Etwas von diesem unverbrauchten Anfang sollte ihn beim Schreiben des Gedichts nicht nur umgeben. Jedes seiner Gedichte sollte auch etwas von einem Beginn und von etwas Unverbrauchtem in sich tragen.

VI.

Im ersten Gedicht des vorliegenden Bandes, der die späten lyrischen Texte des Autors versammelt, klingt an, dass für Härtling eine neue Epoche des Gedichtschreibens begonnen hatte und zugleich, warum das der Fall war:

»ich habe
ein zweites Leben
begonnen.«

In den folgenden Zeilen des Gedichts geht Härtling darauf ein, weswegen er glaubte, sein erstes Leben sei vorbei und er stünde am Beginn eines neuen:

»die Fische im Augenwasser,
meistens schwammen sie einzeln.«

Nähere ich mich als Erstes biografisch diesen Zeilen, stellt sich die Frage: Was hatte sich verändert im Gegensatz zu dem *ersten Leben?* Härtlings grundsätzliche Lebenssituation war zu dieser Zeit unverändert geblieben. Noch immer investierte er seine ganze Kraft in das Schreiben und nahm die Arbeit an einem Gedicht auf, sobald sich eine taugliche Idee eingestellt hatte. Aber:

»neuerdings füllen sie
in Schwärmen
den Blick?«

Was war geschehen?

Diese Zeilen entstanden im Jahr 2000. Seit Mitte der 1990er-Jahre ging es Härtling körperlich zunehmend schlecht. Er hatte mit Herzbeschwerden, Bluthochdruck und Zucker zu kämpfen. Seinen Blick werden schwebende und rasch zur Seite gleitende Punkte in erhöhter Zahl als eine Folge des Bluthochdrucks tatsächlich beeinträchtigt haben. Diese Erkrankungen waren am Ende der 1990er-Jahre massiv geworden und beeinträchtigten sein Leben. Übersetzt in die Bildlichkeit eines Gedichts könnte diese Verschlechterung der Gesundheit als ein Prozess dargestellt werden, bei dem aus vereinzelt auftretenden »Fischen« regelrechte Schwärme geworden sind, und dass dieses Phänomen als Indiz für den Anbruch eines neuen Lebensabschnitts genommen wird. Das erste Leben war eines ohne Krankheiten – und des ungetrübten Blicks –, und das zweite ist eines, das Härtling mit Krankheiten führen musste.

Härtling hatte beim Schreiben dieser Gedichte aber nicht nur das

Gefühl, er sei in eine neue Etappe seines Lebens eingetreten. Er wusste auch, dass er den *letzten* Abschnitt seines Lebens betreten hatte. Von keiner der Erkrankungen, an denen er litt, würde er sich erholen, und, schaute er in die ernsten Gesichter seiner Ärzte, die ihm Medikamente verschrieben und ihn in Kuren schickten, war ihm klar, dass es ernst war. Aus diesem Grundgefühl, konkret auf den eigenen Tod zuzuleben, sind die meisten von Härtlings Gedichten nach 2000 entstanden. Härtling sprach, ebenfalls bereits in dem Eingangsgedicht zu diesem Band, von einer »vinetischer Verwandlung« (mit »vinetisch« spielte er auf den Untergang der Stadt Vineta an der Ostseeküste in Vorpommern an), dem er sich ausgesetzt sehe. In seinem metaphorischen Duktus verglich er sich mit »Vineta«, jener sagenhaften Stadt an der vorpommerschen Ostseeküste, die in einem Sturm von Wasser überspült wurde und unterging.

VII.

Nun kann dieses erste Gedicht in »Ein Balkon aus Papier« natürlich auch ohne unmittelbaren Bezug zu Härtlings Gesundheit gelesen werden. Durch die Wahl des Fisch-Motivs bietet sich eine allgemeinere, christlich-religiöses Deutungsebene an. Mit dem Fischzeichen gaben sich die Christen in ihren ersten Gemeinden gegenseitig als Gläubige zu erkennen. Dass Härtling, an seiner Art zu sehen, etwas in dieser Glaubenstradition Stehendes wahrnahm, ist mehr als wahrscheinlich. Nach dem Tod der Mutter hatte er sich dem Glauben angenähert, und es ist vorstellbar, dass mit Zunahme des Alters und der Krankheiten zumindest sein Wunsch, stärker im Glauben zu sein, angewachsen ist, und parallel dazu die Anzahl der Fische in seinem Augenwasser gestiegen ist. All das sind Fährten, die dieses Gedicht zu seinem Verständnis auslegt.

Welche Folgen diese Einschränkungen nach sich zogen, gibt Härtling in den ersten beiden Zeilen des dritten Gedichts zu erkennen. Sie lauten: »Allmählich entfallen mir/die Gegenden.« Und weiter:

»nur noch die eine,
der Hügel,
auf dem mein Engel
seine Flügel
abstreift«.

Härtlings Bewegungsspiel wurde kleiner. Das Gehen fiel ihm schwerer. Das stellte er fest, beklagte sich darüber aber nicht, sondern beschäftigte sich mit lohnenderen Aufgaben. Sein Blick, bemerkte er, war konzentrierter geworden. Er nähert sich einem Engelwesen an, das sich zugleich ihm annähert, indem es seine Flügel abstreift. Dieser existenzielle Zwischenzustand beschreibt sehr gut, wo Härtling sich selbst zunehmend verortete: in einem Zwischenraum. Der Engel, der sich seiner Flügel entledigt, macht einen Schritt vom Jenseits hin zum Diesseits. Beim Autor hingegen hatte das Bedürfnis zugenommen, Kontakt zu jener Welt zu finden, die sich nach dem Tod an die seine anschloss – eine gegenläufige Bewegung also. Was in dieser jenseitigen Welt geschah, vermochte Härtling genauso wenig wie in seinen jungen Jahren zu sagen. Dass er sich dieser Welt aber annäherte und ihr weiter nahekommen wollte, empfand er keineswegs als bedrohlich. Diese Annäherung setzte auch neue Hoffnungen frei und war keineswegs nur in das Dunkel des Todes und der mit dem Tod verbundenen Ungewissheiten getaucht.

Auffällig an diesen Gedichten ist, dass Härtling sich dreier unterschiedlicher Versionen des Sprechens bedient.

Die erste Version besteht im Installieren eines Ichs, das der Leser intuitiv mit dem Autor identifiziert – der Leser nimmt dieses Ich wahr, als spräche Peter Härtling von seinem tatsächlichen Leben und wolle, dass der Leser diese Texte als persönliche Mitteilungen des Autors an ihn verstehe.

Als Zweites schlägt Härtling einen ins Allgemeine zielenden Ton an. Dann ist von einem »jungen Mann« die Rede, der Gefahr läuft, seine Zukunft zu verspielen; oder Härtling spricht von einem »Kindermund«, von »Königen« und von »Knechten«; oder kommt auf eine »Schwester«, auf einen »Bruder« zu sprechen. Das sind dann abstrakte Figuren, die verbunden sind mit Bedeutungen in Märchen und in Familien. Diese Verbindungen helfen dem Leser dann, die Texte zu entschlüsseln.

Als Drittes ist in Härtlings Gedichten von »*mein(em)* Schlaf«, von »*meine(n)* Träumen« die Rede. Dieser spezielle Duktus erlaubt dem Leser, diese Texte wiederum als persönliche Mitteilungen des Autors zu lesen. Gleichzeitig kann er die Texte lesen, als sei er der Autor dieser Texte. Dann ist an der Stelle, an der die Wendung »mein Schlaf« oder »meine Träume« auftaucht, vom Schlaf des Lesers die Rede, oder seinen Träumen. Der Leser darf sich in ein Gespräch verwickelt fühlen, das er mit sich selbst führt. Er befragt sich danach, wie sein Schlaf beschaffen ist und welche Träume er hatte und wie sie beschaffen waren. Das Gleiche gilt, wenn Härtling von Schwester und Bruder spricht. Der Leser darf sich angehalten fühlen, in dieser Schwester und diesem Bruder die eigenen Geschwister zu sehen, und er darf, was von ihnen gesagt wird, als Aussagen über Mitglieder der eigenen Familie verstehen – als schaute er in einen Spiegel, in dem er sich in dem Gegenüber wahrnehmen darf und diese Gedichte als persönliche Mitteilung, die er an sich richtet, begreifen darf.

Ähnlich im »individualisiert Unspezifischen« bewegt sich Härtling bei der Beschreibung von Realien. Es taucht ein »Brief« auf, »Vögel« fliegen, »Träume« werden geträumt. Von »Gesicht« und »Mund« und »Schlaf« ist die Rede. Ein »Berg« erhebt sich, »Bahnhofslokale« werden betreten, »Totems« spielen eine Rolle, ein »Garten« breitet sich aus, »gelesene Bücher« stapeln sich, und ein »neuer Krieg« wird geführt. Und doch ist die Grundstimmung der Gedichte so persönlich, dass der Leser Härtling sprechen zu hören vermeint. Aber jeder Leser war aufgefordert, unter einem »Berg« sich eine Erhebung in der Landschaft vorzustellen, die er als Berg bezeichnen würde. Das Gleiche gilt für »Bahnhofslokale« oder »gelesene Bücher« und den Umgang mit ihnen. Härtling wies mit diesen Formulierungen den Leser an, seine Version des jeweiligen Textbausteins in den Vers hineinzulesen. Es war eine Aufforderung zur aktiven Teilhabe. Ohne die Mitwirkung des Lesers bleibt das Geschriebene unvollständig. Härtling wollte in seinen Gedichten wiederkehrende Lebenssituationen und deren existenziellen Grund ansprechen. Etwas Bezeichnendes wollte er mit seinen Gedichten benennen, und damit das Leben von Menschen aufschlüsseln, die sich im fortgeschrittenen Alter befanden und die ein starkes Gefühl von der Endlichkeit ihres Lebens entwickelt hatten. Und obwohl er aus der Erfahrung des Alters heraus spricht, bleiben die Texte nicht nur an alte Leserinnen und Leser gerichtet, sondern ebenso an junge.

VIII.

Und noch eine spezielle Eigenart besaßen Härtlings Gedichte: Sie bauten eine zwischen persönlich Gesprochenem und das Persönliche Überwölbendem Spannung auf. Dazu gehörte auch ein singulärer Ton, den Härtling anschlug und zuverlässig traf. Nachdem er einen Punkt hinter dem letzten Wort eines seiner Texte gesetzt hatte, verband er damit das Signal, diesem Text habe er nichts mehr hinzuzufügen, und diesem Text sei nichts mehr hinzuzufügen. Er schrieb seine Gedichte mit der Autorität des Autors, der wusste und zu beurteilen verstand, wann er einen Text zu einem konsistenten Gebilde ausgearbeitet hatte. Zugleich war jedes seiner Gedichte im Ton einer Einladung formuliert. Härtling spielte sich gegenüber dem Leser nie als jemand auf, dessen Sicht auf die Welt dem der Leser überlegen war und das Gegenüber mit etwas konfrontierte, dem man aller Voraussicht nach nicht gewachsen sein würde. Härtling bemühte sich um Nachvollziehbarkeit und sah im Leser einen Verbündeten, der vor dem Rätsel des Alters ähnlich fassungslos stand wie der Sprecher selbst, und bestrebt war, dieses Rätsel zu dechiffrieren und zumindest eine Vorstellung von dessen dunklen Zonen und deren Lage zu entwickeln.

Das war keine geringe Leistung, und auffällig war auch die hohe Zahl an Gedichtbänden zu Anfang der Nullerjahre, die Härtling veröffentlichte und mit deren Abdruck dieser Band eröffnet wird. Von 2000 bis 2007 erschienen vier. Sowohl Parallelen als auch Unterschiede zu der Anfangszeit seines Schreibens sind nicht zu übersehen. Damals hatte Härtling in der Zeitspanne von neun Jahren ebenfalls vier Gedichtbände publiziert, die alle in Band 8 »Gedichte« der »Gesammelten Werke« von Härtling enthalten sind. Die rasche Folge, in der die Gedichte entstanden, war auffällig und wiederholte sich nach 2000. In der späten Phase reihte Härtling allerdings in noch engerem Turnus ein Gedicht an das nächste. An der simplen Chronik der Entstehung ist abzulesen, dass Härtling seine Produktivität im späten Zeitraum im Vergleich zu früher ungefähr verdoppelt hat.

Für diese hohe Taktung muss es einen Grund gegeben haben. Aber welchen? Und gibt es strukturelle Parallelen zwischen der frühen und der späten Phase seines Gedichtschreibens?

In den ersten 1950er-Jahren hatte Härtling aus purem Überschwang, dass ihm das Schreiben von Gedichten gelang, Text nach Text verfasst. Für ihn lag darin, nach den »Kränkungen« der Flucht, seiner abschätzigen Aufnahme in die Nürtinger Gesellschaft und seinen teils schwachen Leistungen in der Schule, eine Genugtuung. Er konnte etwas, und er besaß eine Fähigkeit, die unter Lesern von Literatur als Gipfel literarischen Schreibens galt. Er war ein Dichter und zählte im Gegensatz zu dem Bild, das sich die Nürtinger und viele seiner Mitschüler, die wie er geflohen waren, von ihm machten, zu den wenigen Menschen mit einem raren Talent. Das stärkte ihn und spornte ihn beim Schreiben an.

Im Band »Ein Balkon aus Papier« tritt Härtling uns als ein erfahrener, aber zugleich sich wehrender Dichter entgegen. Er konnte auf ein Werk zurückblicken, musste jetzt aber fürchten, dass sein Körper seinen Dienst versagt, und dass er ein Alter erreicht hat, von dem er nicht annahm, er würde es je erreichen (lange dachte er, dass er nie sein siebzigstes Lebensjahr erreichen würde). Dass er doch noch lebte (er war siebenundsechzig Jahre alt, als er mit dem Schreiben des Bandes »Ein Balkon aus Papier« begann), freute ihn natürlich, aber es verunsicherte ihn auch, weil er bisher nie damit konfrontiert gewesen war, unter Bedingungen schwindender Kräfte schreiben zu müssen.

Insofern kann dieser Band (und die folgenden Bände) als das Selbstporträt eines Mannes gelesen werden, der nach einem Auskommen mit seiner schwächer werdenden Kraft sucht. Keines der Gedichte hat eine Überschrift, alle Texte sind nummeriert und in der Reihenfolge der Zahlen geordnet. Man hat deutlich den Eindruck, dass die Texte sich um eine konstant bleibende Figur drehen. Allerdings tritt diese Figur nicht selbst mit Namen und weiter deutlich konturierten Eigenschaften auf. Sie hält sich im Hintergrund, und wir bekommen von ihr mit, was sie sieht, denkt und fühlt.

Einen solchen um Konsistenz bemühten Band hatte Härtling das letzte Mal in seiner frühen dichterischen Phase mit dem Band »Yamins Stationen« geschrieben. Der auf die Balkon-Gedichte folgende Band »kommen – gehen – bleiben« ähnelte dann wieder der Mehrzahl von Härtlings anderen Lyrikbänden. Es ist eine Sammlung von Texten, die über die Jahre seit 2000 entstanden sind. Härtling sah die Anzahl seiner lyrischen Texte wachsen, stellte jene Texte, die bei der erneuten Lektüre überzeugten, zu einem Manuskript zusammen und gab dieses Manuskript zur Veröffentlichung frei. In diesen Texten gibt es keine deutlich spürbare »Figur«.

Das änderte sich bei den beiden nächsten Bänden wieder. In diesen beiden Bänden schuf Härtling einen Zusammenhalt unter den Gedichten durch die Form. Härtling schrieb ausschließlich einstrophige Verse ohne Titel. Jeder Text gibt einen einzelnen Moment wieder. Diese Schilderung des Moments genügt, um über den jeweiligen Moment hinausweisende Zusammenhänge mag sich Härtling nicht kümmern. In der Abfolge dieser singulären Situationsschilderungen gewinnt der Band jedoch wiederum seine einzigartige Konsistenz. In der Abfolge von Gedicht zu Gedicht kommt es zu einer emotionalen Verdichtung, die dazu führt, dass jeder einzelne Text intensiver wahrgenommen und mit einer sich steigernden Spannung gelesen wird.

Vergleichbar mit diesem Band – »Schattenwürfe« – ist der vierte und damit der Schlussband von Härtlings Gedichtsammlungen in dieser ersten Periode der späten Gedichte. Wieder erarbeitete Härtling einen formal geschlossenen Korpus mit einstrophigen Gedichten. Diesen Band nannte er »Fenstergedichte«, und ihm stellte er im Gegensatz zu den drei Bänden davor eine Erklärung voran. Eine Passage daraus lautet: »Das Fenster trennt und verbindet drinnen und draußen. Aus diesem Widerspruch entsteht Spannung. Wer sich zu Fenstergedichten entschließt, kann oder will nicht mehr hinaus.«

Deutlicher als in keinem der drei Bände zuvor sind Härtlings »Fenstergedichte« von seinen schwächer werdenden Kräften und zudem von seiner Lebensgeschichte gezeichnet.

»Jetzt drückt es heftig gegen die Scheibe,
Schwemmland, Kadaverland. Was soll ich
dir fragt der von Draußen, von

deinen Fluchten erzählen? Red, Elend,
red. Lies die Knöchelchen auf. Die Eile
hat die Namen alle ausgewaschen.«

Der Autor kam mit sich in ein heftiges Gespräch. Er wollte das »Kadaverland«, das er war, als sein Gegenüber zum Sprechen bringen. Gegenstand des Gesprächs sollte das Thema sein, das ihn wie kein zweites interessierte: seine Fluchterfahrungen als Zwölf-, Dreizehnjähriger. Der Grund dafür: Er spürt, dass ihn die Erlebnisse der Flucht jetzt im Alter wieder stärker bedrängen und belasten würden als in den Jahren zuvor. Er hatte den Eindruck, der junge Mann, der er damals war, wäre in ihm wieder zu neuem Leben erweckt worden. Gleichzeitig musste er sich sagen, dass er keine klare Vorstellung davon hatte, welche Erlebnisse genau den Ausschlag für das Leid gaben, das er als das Erbe seiner Flucht ansehen musste und das ihm jetzt im Alter wieder zusetzte. Allein von der Flucht in dieser Weise zu sprechen, konfrontierte ihn mit einem ersten Paradox. Er war der Einzige aus seiner Familie, der noch lebte und der wusste, was geschehen war, als er von Olmütz, seinem letzten festen Wohnort, nach Zwettl, über Wien nach Nürtingen geflohen war. Trotzdem musste er sich im harschen Ton auffordern, dass er sich endlich eingestand, was er erlebt hatte, damit er die Schwere des Erlebten nachvollziehen konnte. Härtling geriet mit einem inneren Zensor in Streit, der ihm vorenthielt, was geschehen war, und der ihn mit dieser Verdunklung des Geschehenen daran hinderte, seinen Schmerz zu verstehen.

Das zweite Paradox: Er selbst war immobil geworden, bewältigte nur noch den Gang bis zum Fenster. Sich jenseits davon zu bewegen, war ihm verwehrt. Dennoch litt er unter Erfahrungen, die er nicht nur »draußen« gemacht hatte, sondern die mit Unterwegssein zu tun hatten, einem unfreiwilligen Unterwegssein, wie es die Flucht von einem Flüchtenden mit allen dazugehörenden Verlusten erzwang: die Aufgabe der Heimat, die Ankunft in einer Gegend, in der man nicht willkommen geheißen wurde, die lebenslang anhaltende Unsicherheit, wohin genau er gehörte, und die nicht zu beschwichtigende Angst, bald wieder verjagt zu werden und das Erreichte wieder aufgeben zu müssen.

Unter dieser Angst litt Härtling, und diese Furcht zog sich nicht nur durch die »Fenstergedichte«. Sie tauchte auch in vielen anderen seiner späten Gedichte auf. Eingeschrieben hatte sich diese Angst auch in Zeilen, die sich nicht eindeutig mit dem Thema beschäftigen. Gleich im dritten Gedicht in diesem Band kommt es zu einer Verschmelzung des Themas Flucht mit einer existenziellen Fragestellung:

»dort, wo Wege sich gabeln,
Koffer offen liegen,
gefüllt mit Schnee,
bereit
für meine Reise.«

Diese Zeilen lassen sich auf doppelte Weise verstehen. Sie können als die Aufbruchsszene eines Mannes gelesen werden, der vor seinem Koffer steht, sich überlegt hat, was er mitnehmen kann, und, nachdem er den Koffer geschlossen und in die Hand genommen hat, sich auf der Straße befindet, um sich in den Strom der Flüchtlinge einzureihen. Diese Zeilen können aber auch als die Abschiedsszene des gleichen Mannes gelesen werden, der mit seinem Tod rechnet und der sich auf den Abschied von seinem Leben vorbereitet und überlegt, was er auf diese Reise mitnehmen kann und was sich zum Mitnehmen lohnt.

Viele seiner Gedichte legte Härtling doppeldeutig an, und mindestens ebenso viele haben eine dialogische Struktur: Jemand kommt mit sich ins Gespräch. Dieses Dialogische findet sich besonders deutlich in den »Fenstergedichten«. Dort spricht jemand mit einem *Gegenüber*, das er im Fenster erkennt, und an das er sich wendet. Diese Szene hat ihren Ursprung in Härtlings Kindheit. Als Junge stellte er sich im Flur der elterlichen Wohnung vor den Spiegel und begann, mit der im Spiegel zu sehenden zweiten Ausgabe von sich zu sprechen. In den »Fenstergedichten« beschwört Härtling beharrlich diese Situation wieder herauf. Er als alter Mann tritt sich im Fenster entgegen, und er nutzt diese Begegnung mit seinem Doppelgänger für lange aufgesparte Gespräche.

Nach dem Erscheinen der »Fenstergedichte«, also nach 2007, schrieb Härtling ähnlich wie nach dem Erscheinen von »Spielgeist und Spiegelgeist« zwar weiter regelmäßig Gedichte, aber in einer viel lockereren Folge. Acht Jahre später, 2013, hatte er wieder genügend Verse für einen neuen Band verfasst. Wiederum drei Jahre später und ein Jahr vor seinem Tod erschien dann Härtlings letzter Gedichtband »Versuchte Ewigkeit«. Die Dichte der frühen Nullerjahre blieb aber unerreicht und sollte auch nicht wieder erreicht werden. Sein autobiografisches Schreiben lag hinter ihm. Der Erinnerungsband »Leben lernen« war 2003 erschienen und zwei Jahre später, wie ein Widerhall auf diesen Band, das schmale Buch »Die Lebenslinie. Eine Erfahrung«. Gebannt hatte Härtling auch den Schrecken, den der Tod vor Augen in ihm auslöste. Er lebte von da an mit diesem Schrecken, und das Schreiben von Gedichten begleitete ihn in loseren Abständen, wie die meiste Zeit seines Lebens lang.

IX.

Im Grunde kann man diese Feststellung auch umkehren und sagen: Das Schreiben von Prosa begleitete Härtlings lebenslanges Schreiben von Gedichten. Oder genauer formuliert: Das Prosaschreiben fand im Schatten von Härtlings Gedichten statt.

Das drückt sich in der Organisation von Härtlings Schreibtisch aus. Er sammelte die Gedichtmanuskripte am linken Kopfrand. Dort lagerte er die Seiten und legte jeweils ein weiteres Blatt auf den kleinen Stapel, sobald ein neues Gedicht entstanden war. Hatte er wie bei den »Fenstergedichten« den Eindruck, eine Schreibphase näherte sich dem Ende, zog er den Stoß an beschriebenem Papier zu sich, blätterte darin, las, blätterte weiter und überlegte, ob vor ihm ein neues Manuskript lag oder welche Aufgaben er noch lösen musste, damit ein zur Veröffentlichung sich eignendes Manuskript aus den über die Jahre gesammelten Blättern entstehen würde.

Mit zu dieser Arbeitstechnik gehörte, dass jedes geschriebene Gedicht zu einem Neuanfang führte. Lag die Manuskriptseite auf dem Stapel mit den anderen Gedichten, fühlte Härtling sich wieder erfrischt. Ein Schreibvorgang war abgeschlossen, und er durfte jetzt erneut darauf warten, bis eine neue Idee zum Schreiben des nächsten Gedichtes sich einstellte usw., usw.

Diese Art des Schreibens gibt einen Hinweis darauf, welchen Stellenwert das Schreiben von Gedichten für Härtling besaß. Er führte kein Tagebuch, war selbst im Führen eines Terminkalenders wenig konsequent. Sich mit diesen Schreib- und Organisationsformen zu beschäftigen, dafür bestand aus seiner Sicht kein Grund. Er schrieb Gedichte, und in diese Gedichte ging ein, was er am Tag erlebt hatte. Dabei legte er keinen Wert auf das Schildern einzelner Episoden oder konkreter Personen. Diese Beobachtungen flossen in seine Prosa ein. In seinen Gedichten hielt Härtling die Emotionen fest, die ihm begegneten. Sie notierte er, und sie lösten sein Verlangen aus, sich mit ihnen auseinanderzusetzen. Die Gedichte dürfen deshalb als Mitschriften von Härtlings Gefühlen gelesen werden, als Empfindungstagebuch – allerdings als ein Empfindungstagebuch, das literarisch verdichtet wurde und bei dem die äußerlichen Spuren des Tagebuchhaften getilgt worden sind.

EDITORISCHE NOTIZ

Dieser Band enthält die »späten Gedichte« von Peter Härtling.

Der Korpus umfasst sämtliche lyrischen Texte des Autors, die er vom Jahr 2000 bis zu seinem Tod 2017 geschrieben hat, die veröffentlichten und die große Anzahl unveröffentlichter Gedichte.

Gegliedert ist der Band in drei Abteilungen. Als Erstes wurden die Gedichtbände, die Härtling zur Veröffentlichung zusammengestellt und publiziert hat, in der chronologischen Reihenfolge ihres Erscheinens in diesen Band aufgenommen.

Dem folgt die Abteilung mit verstreut veröffentlichten Gedichten. Sie ist wiederum unterteilt in zwei Gruppen. Die erste Gruppe enthält mehrere Gedichte, die Härtling jeweils in Bänden, zusammen mit anderen Autoren, veröffentlicht hatte, und die zweite umfasst alle Gedichte, die Härtling einzeln in Anthologien, Zeitschriften und Zeitungen publiziert hat. Diese Gedichte sind ebenfalls chronologisch in der Reihenfolge ihres Erscheinungsdatums geordnet.

Die dritte Abteilung enthält sämtliche unveröffentlichten Gedichte des Autors. Dazu zählen zum Großteil jene Texte, die Härtling seit dem Erscheinen seines letzten Gedichtbands im Februar 2016 bis zu seinem Tod im Juli 2017 geschrieben hat, aber auch Gedichte aus früheren Schreibperioden, die Härtling als gelungen zur Seite legte, und bei denen er auf Gelegenheiten zu deren Veröffentlichung wartete.

In der ersten Abteilung dienen als Vorlage die Erstausgaben der Gedichtbände. Groß- und Kleinschreibung oder durchgehende Kleinschreibung wurde beibehalten, je nachdem wie Härtling die Bände eingerichtet hatte. Angepasst wurde die Orthografie an die neuen Dudenregeln. Diese verwendete Härtling auch bereits in seinen letzten

Büchern. Beibehalten wurde Härtlings Verwendung von Satzzeichen. Offensichtliche Satzfehler sind stillschweigend korrigiert worden.

Beibehalten wurde auch die Reihenfolge der Gedichte. Es gab keinen Grund, die Entscheidungen des Autors zu revidieren. Bei der Wiedergabe der Bände »Schattenwürfe« und »Fenstergedichte« wurde jedoch in einer Beziehung von den Vorlagen abgewichen. Härtling hatte beim Abdruck jedem Text eine eigene Seite zur Verfügung gestellt. Von diesem Prinzip wurde in dieser Ausgabe abgewichen. In der großen Mehrheit der Fälle stehen zwei Gedichte auf einer Seite. Diese Entscheidung ist zu vertreten, weil alle Texte in diesen Gedichtbänden aus einem einzigen Block von Zeilen bestehen und nicht aus einer Abfolge von Strophen. Diese Textblöcke sind als jeweils einzelne Gedichte gut zu identifizieren, weshalb es legitim erschien, zwei dieser Textblöcke jeweils auf einer Seite zu platzieren und mit einer gleichen Anzahl von Blindzeilen zu trennen. Damit ist verhindert, dass die beiden Texte auf den Seiten als Teile eines einzigen Gedichtes angesehen würden.

In dieser und in allen anderen Abteilungen dieses Bands werden (in Abweichung von den Vorlagen) lebende Kolumnentitel verwendet. Sie erleichtern die Orientierung des Lesers in dem Band und bieten dem Leser eine Hilfe, die er, hält er nur einen Gedichtband des Autors in Händen, nicht benötigt. In einem ungleich umfangreicheren Band wie dem vorliegenden erschien uns dies angemessen und hilfreich.

Bei den verstreut veröffentlichten Gedichten wurde mit Orthografie und Interpunktion ebenso verfahren wie bei den Texten, die in publizierten Gedichtbänden enthalten sind. In dieser Abteilung sind auch vereinzelt Gedichte aufgenommen worden, die vor 2000 erschienen sind (siehe bibliografische Nachweise), die aber nicht in den Band »Gedichte« von Härtlings »Gesammelten Werken« aus dem Jahr 1999 Aufnahme fanden. Eine eindeutige Entscheidung war auch nicht zwischen Versen zu treffen, die Härtling für Erwachsene und die er möglicherweise mit Blick auf Kinder geschrieben hatte. Eine klare Trennung beider Bereiche wäre kaum praktikabel oder angemessen, da Härtling selbst nicht zwischen Gedichten für Erwachsene und für Kinder unterschied und auch häufig lyrische Texte aus seinen früheren Gedichtbänden vor Kindern vortrug. Ein Gedicht war für ihn ein Gedicht

Bei den unveröffentlichten Gedichten war, wie in allen anderen Abteilungen der »Späten Gedichte«, ebenfalls die Version bindend, in die sie Härtling selbst gebracht hatte. Sie exakt chronologisch zu ordnen ist allerdings nicht möglich gewesen. Härtling hatte seine Texte nur gelegentlich mit einem Entstehungsdatum versehen. Die Abfolge der Gedichte darf insofern nur als ein Versuch zu einer chronologischen Anordnung angesehen werden. Bei der Komposition der Abfolge wurde daher auf thematische und formale Kriterien zurückgegriffen. Ob die betreffenden Gedichte in dieser thematischen Nachbarschaft entstanden, ist denkbar, nicht aber schlussendlich nachweisbar.

Beibehalten wurden bei den verstreut veröffentlichten und bei den unveröffentlichten Gedichten auch die Ergänzungen, die Härtling seinen Texten hinzufügte. Dabei handelt es sich meist um Widmungen oder kurze Verweise auf den Geburtstag einer Person, der Härtling ein Gedicht zugedacht hatte. Diese Beigaben sind essenzieller Teil dieser Gedichte und finden sich vor allem in dem Band »Unter den Brunnen«, den Härtling 1957 veröffentlichte. In »Unter den Brunnen« ist fast jedes Gedicht mit einer Widmung versehen. Er schrieb sie als eine Mitteilung für die Personen, denen er das Gedicht dann zueignete. An diesem Schreibprinzip hatte sich für Härtling bis zu seinem Tod nichts geändert.

Vereinheitlicht wurde die Position der Widmungen. Sie stehen jetzt alle unter den Texten. Damit ist die stark unterschiedliche Handhabe in den verschiedenen Verlagen, in denen Härtling veröffentlichte, aufgehoben. Gleiches gilt für die Zählung von Strophen.

Eine Kommentierung der Gedichte wurde nicht erwogen. Die Personen, um die es geht, und historische und politische Zusammenhänge, auf die Härtling anspielte, sind noch gegenwärtig genug, dass sie keine Erläuterung benötigen. Aufgenommen wurden nur die wenigen Kommentare, die Härtling selbst zu seinen Texten verfasste.

Dies gilt für die Veröffentlichungen von Gedichten in geschlossenen Bänden und entsprechende Einzelveröffentlichungen. Bei den Einzelveröffentlichungen sind im Quellenteil die bibliografischen Angaben jeweils angeführt. In vielen Einzelfällen geben diese bibliografischen Angaben erste Anhaltspunkte zum Kontext, in dem diese Gedichte entstanden sind.

Bei den unveröffentlichten Gedichten, aber auch bei allen anderen Gedichten sind keine Entstehungsdaten rekonstruiert worden. Härtling selber hat darüber nicht Buch geführt und nahm auf Daten und Datierungen wenig Rücksicht, er nahm die literarischen Zusammenhänge von Texten stärker wahr. Gegen diese Grundüberlegung sollte nicht mit umfangreichen Recherchen verstoßen werden. Der Leser kann sich aber trotzdem eine genauere Vorstellung vom Schreibprozess dieser Gedichte bilden. In der überwiegenden Mehrzahl sind die Gedichte in zeitlicher Nähe zu ihrer Entstehung veröffentlicht worden. Die Reihenfolge der Gedichte in diesem Band wird grundsätzlich nicht stark von ihrem Entstehungszeitraum abweichen.

Und es gibt in dem Band mehrere Gedichte mit dem gleichen Titel. In einem Fall verwendete Härtling dieselben Titel (»Am Rand«, »Orpheus«) für unterschiedliche Gedichte. Bei »Straßenmädchen, in einer Pfütze tanzend«, veröffentlicht in den Bänden »Versuchte Ewigkeit« und »Postscripta«, gleichen sich die Anfangszeilen, die Texte weichen ab der Mitte aber deutlich voneinander ab. Deshalb ist der Herausgeber der Entscheidung des Autors gefolgt und hat beide Gedichte als jeweils eigenständige Texte verstanden und hier aufgenommen.

Entfallen sind Gedichte, die Härtling in seinen Büchern zwei Mal veröffentlicht hat. Um welche Texte es sich dabei handelt, geht aus den »Quellen und Anmerkungen« hervor. Wiedergegeben werden sie in dem Band ihrer Erstveröffentlichung.

Härtlings Band »An den Ufern meiner Stadt. Späte Gedichte« ist die Fortsetzung von Band 8 »Gedichte« seiner »Gesammelten Werke« (Kiepenheuer & Witsch, Köln 2005). Beide Bände zusammen enthalten sämtliche Gedichte, die Peter Härtling geschrieben hat.

K. S.

EDITORISCHE HINWEISE

QUELLEN UND ANMERKUNGEN

I. Gedichtbände

»Ein Balkon aus Papier«, Gedichte, Kiepenheuer & Witsch, Köln 2000.

»kommen – gehen – bleiben«, Gedichte, Radius Verlag, Stuttgart 2003.

»Schattenwürfe«, Gedichte 2005, Radius Verlag, Stuttgart 2005.

»Fenstergedichte», August 2006 bis Juni 2007, Radius Verlag, Stuttgart 2007.

»Von mir«, Edition Toni Pongratz 114, Hautzenberg 2013.
(Der Umfang dieser Ausgabe beträgt 23 Seiten, eine einmalige Auflage in Höhe von 500 Exemplaren wurde gedruckt, jedes Exemplar nummeriert und signiert. Die in diesem Band enthaltenen Gedichte »Die schönen Trompeten« und »Wiederkehr« waren zuvor schon in anderem Kontext veröffentlicht und werden deshalb hier kein zweites Mal aufgenommen.)

»Versuchte Ewigkeit«, Gedichte 2008–2016, Radius Verlag, Stuttgart 2016.
(Die in diesem Band enthaltenen Gedichte »Ängste wie Flechten«, »Balance«, »Der Hunger von früher«, »Die kleinen Plätze«, »Ein Rest von Glück«, »Häuser wie Schiffe«, »Liebe, immer wieder«, »Nachsommer«, »Reisefieber« und »Wüstenmärchen, Märchenwüste« waren u.a. in »Zehn neue Gedichte« bereits veröffentlicht und sind hier kein zweites Mal aufgenommen worden.)

II. Aus Büchern

»Sternbilder. Jürgen Brodwolf Arbeiten auf Papier, Peter Härtling Gedichte«, Radius Verlag, Stuttgart 2000.

»Zehn neue Gedichte«, in: Peter Härtling, »Meine 75 Gedichte und zehn neue Gedichte«, Radius Verlag, Stuttgart 2008.

»Postscripta«, in: Peter Härtling: »Dorther. Reisen aus dem Gedächtnis«, Radius Verlag, Stuttgart 2009.

»Vier Gedichte«, in: Peter Härtling: »Leicht geworden für Gedankenflüge: 77 Zettel«, Radius Verlag, Stuttgart 2010.

»Gedichte aus Winkelspiel«, in: Peter Härtling, Erwin Bechthold: »Winkelspiel. Gedichte und Zeichnungen«, Radius Verlag, Stuttgart 2011.

III. Verstreut veröffentlichte Gedichte

»Trag deine Frucht«, in: »Lyrik unserer Zeit«, Verlag der Städtischen Volksbücherei Dortmund, Dortmund 1958.

»Zum Mitzählen«, in: Der Monat, Nr. 167, August 1962.

»Bruchstücke«, in: »Lyrik in dieser Zeit«, 1965/1966, herausgegeben von Wolfgang Weyrauch und Johannes Poethen, Bechtle Verlag, München 1965. – »Bruchstücke« bestand aus elf Teilen. Die Bruchstücke 1 und 2 sind in der Abteilung »Verstreute Gedichte« in »Die Gedichte«, Gesammelte Werke, Band 8 (1999) abgedruckt. Hier folgen die Teile 3–11.

»Friedfertig«, in: »Zweizeiler«, anabas verlag, Gießen 1971.

»Schadensspruch«, in: »Schaden spenden«, Eremiten Presse, Stierstadt 1972.

»An einen befreundeten Maler«, in: »Im Bunker. 100 x Literatur unter der Erde – Texte und Daten von 110 deutschen und ausländischen Autoren«, Georg Bitter Verlag, Recklinghausen 1974.

»An meine Söhne« in: Epitaph. Junge Zeitschrift für Literatur, Nr. 6/7, herausgegeben von Frank Weber, München 1974.

»Mein Garten«, in: »Miteinander. Das neueste Gedicht«, Band 50, herausgegeben von Karl Krolow, Bläschke Verlag 1974.

»D. H. Und die Schmetterlinge«, in: »Gespräch über Bäume«, Dhyana, Frankfurt am Main 1974.

»Der Unterschied«, in: »Strafjustiz. Ein bundesdeutsches Lesebuch«, herausgegeben von Wolfgang Bittner, Fischerhuder Texte, Verlag Archiv im Bauernhaus, Fischerhude 1977.

»Windgedicht«, in: »Ausgewählte Gedichte 1953–1979«, mit einem Nachwort von Karl Krolow, Luchterhand Verlag 1979 (=Sammlung Luchterhand 290). »Windgedicht« gehört zu den zuvor unpublizierten Gedichten, die in diese von dem Lektor Thomas Scheuffelen und dem Autor selber besorgte Sammlung aufgenommen wurden.

»Weißt du«, in: »Rainer Maria Rilke. Die Weise von Liebe und Tod«, Insel Verlag, Leipzig 1978. – Theresa und Werner Maria Lux hatten in diesem Heft als Faksimile Rilkes Text abgedruckt und diesem Abdruck Härtlings Gedicht vorangestellt.

»Der Schmerz nimmt zu«, in: »Brennglas, Materialien aus dem Zettelkasten der Literatur, Kunst und Politik zu Themen der Zeit«, Heft Nr. 2, herausgegeben von Jürgen Seuss, Brennglas Verlag, Assenheim 1980. – In »Die Gedichte. Gesammelte Werke, Band 8« (1999) ist ein Gedicht mit dem Titel »Schlaflos« (ursprünglich enthalten in Härtlings Band »Vorwarnung« (1983) abgedruckt, das mit ähnlichen Bildern arbeitet, aber nicht mit diesem Gedicht identisch ist.

»Don Ottavio«, in: »Peter Härtling, Noten zur Musik«, Radius Bibliothek, Radius Verlag 1990. – Dieses Gedicht stammt aus dem Jahr 1979 und wurde Hellmut Freund, einem ehemaligen Kollegen Peter Härtlings im S. Fischer Verlag, zu dessen sechzigstem Geburtstag überreicht.

»Jetzt, mit einem Mal«, in: Kirchenblatt, Walldorf 1981.

»Spuren des Ikarus. 3 Anmerkungen und 3 Gedichte«, in: »Spuren des Ikarus, Fritz Ruoff 13 Zeichnungen und Collagen, 3 Anmerkungen und 3 Gedichte von Peter Härtling«, Edition Dornberger, Reutlingen 1981.

»Elegie auf das Kommende«, in: »Die falsche Richtung: Startbahn West. Ein Lesebuch«, herausgegeben von Heinz Mees und W.G. Reinheimer, Edition Venceremos, Rüsselsheim 1982. – Den Umschlag dieser Broschüre hatte Klaus Staeck gestaltet.

»Das Haus«, in: »Peter Härtling: Ich rufe die Wörter zusammen«. Gedichte aus den Jahren 1983 und 1984, Pfaffenweiler Presse, Pfaffenweiler 1985. – Alle Gedichte dieses Bands sind in Härtlings Gedichtsammlung »Die Mörsinger Pappel« enthalten und ebenso in »Die Gedichte«, Gesammelte Werke, Band 8 (1999) – mit Ausnahme dieses Textes.

»Dies Gedicht, lieber Hans Mayer«, in: »Literarische Welt. Dokumente zum Leben und Werk von Hans Mayer«, herausgegeben vom Historischen Archiv der Stadt Köln, Köln 1985. – Dabei handelt es sich um einen Ausstellungskatalog mit einem angefügten Bildteil. Härtlings Gedicht ist als Handschrift aufgenommen worden. Härtling fügte als persönliche Widmung dem Text hinzu: »Dies dankt Ihnen von Herzen Ihr Peter Härtling (dennoch weiter auf der Reise von Fritz und Friedrich.)« Mayer mochte die Verwendung der Verkleinerungsform Fritz von Friedrich, die Härtling in seinem Hölderlin-Roman (1976) benutzte, Härtling sah keinen Grund, diese Verkleinerungsform nicht zu verwenden.

»Wulf Segebrecht zum Fünfzigsten«, in: »Fußnoten extra. Fußnoten zur neueren deutschen Literatur«, Sonderheft, Festschrift für Wulf Segebrecht, Verlag der Otto-Friedrich-Universität, Bamberg 1985.

»Wer wälzt«, in: Das Nashorn, Heft Nr. 20, Verlag der Schule Hermannsburg in Bremen, Bremen 1989. – Dabei handelt es sich um eine Schülerzeitung. Diese Zeitung wird in Projektarbeit erstellt, ist handgefertigt und erscheint in einer Auflage von 99 Exemplaren. Prominente Künstler und Autoren wurden um Illustrationen und Texte gebeten. Der Klasse 3b schickte Härtling diesen Text in Handschrift und fügte hinzu: »da ist, mit einem in die Luft geschleuderten Gänseblümchen mein Vierzeiler.« Dazu hatte Härtling eine Blume in Umrissen gemalt.

»Der Wald«, in: »Sand fürs Getriebe«, Steidl Verlag, Göttingen 1989. – Unter diesem Text ist ein Bild mit einem Flugzeug in den Wolken abgebildet, und in dieser Abbildung steht der Text: »Was nützt uns das/ Fliegen, wenn wir/ darüber den Boden/ unter den Füßen/ verlieren – Die falsche Richtung: Startbahn West.«

»Erstrittenes Freudenscarmen«, in: »Achtung Klaus. Lose Blätter zu Roehlers 60.«, herausgegeben von Ingrid Krüger und Rainer Nitsche, Luchterhand Literaturverlag, Darmstadt 1989.

»Der Trost«, in: »Radius Almanach 1989/1990«, herausgegeben von Wolfgang Erk, Radius Verlag Stuttgart. Das Gedicht ist in der Handschrift des Autors abgedruckt.

»Ich habe den Frieden«, in: »Ursulaschule Osnabrück 1805–1990«, Werl 1990. – Auf der Rückseite der Festschrift wurde dieses Gedicht unter dem Stichwort »Suchwörter« abgedruckt.

»Absage«, in: »Schreiben – Lernen«, herausgegeben von Herbert Bachmann, AOB Verlag, Berlin 1990. – AOB meint: Arbeitskreis Orientierungs- und Bildungshilfe.

»Ein Narr spielt mit«; Kleiner Flötenliebessong und Verwandlung, in: »Nach zwanzig Seiten waren alle Helden tot. Erste Schreibversuche deutscher Schriftsteller«, herausgegeben von Karl Corino, Marion von Schröder Verlag, Düsseldorf 1995.

»Von Gensfleisch nicht leben«, in: »Eine Milchstraße von Einfällen. Jürgen Seuss und die deutsche Buchkunst der zweiten Jahrhunderthälfte«, herausgegeben von Michael Faber, Verlag Faber und Faber 1995. – Unter den Abdruck des Gedichts ist die handschriftliche Signatur des Autors gesetzt worden.

»Jubiläums-Carmen«, in: Gustav Weiland: »Einhundertfünfzig Jahre Buchhandel in Lübeck 1845–1995«, herausgegeben von Heinz Sarkowski, Verlag der Buchhandlung Gustav Weiland Nachf., Lübeck 1995. – Dieses Gedicht wurde in der Handschrift des Autors in den Band aufgenommen. Unter das Gedicht hat Härtling ebenfalls in Handschrift eine Danksagung mit folgendem Wortlaut gesetzt: »So ist ihm herzlich / gratuliert von einem,/ der ihm manches/ dankt: / Peter Härtling.«

»Wenn Bücher«, in: »Für Edgar Päßler«, Büchergilde Gutenberg, Frankfurt am Main 1995.

»Fußnote«, in: »Du mußt deine Unruh erden. 30 literarische Fußnoten zu Wulf Segebrechts 60.«, Verlag der Otto-Friedrich-Universität, Bamberg 1995.

»Nachtigallen«, in: Süddeutsche Zeitung, 24. März 1995.

»Ein Gaukler«, in: »Die Bernsteinschule 1951–1955«, Hausen ob Verena: Kunststiftung Hohenkarpfen, Landratsamt, Archiv und Kulturamt, Rottweil 1996.

»Kiesel für Wiesel«, in: »Der bunte Hund. Das Geschichten- und Bildermagazin«, Verlag Beltz und Gelberg, Heft Nr.: 44, 1996.

»Vorausgedacht«, in: ndl. Zeitschrift für deutschsprachige Literatur, Heft Nr. 500, Aufbau Verlag, Berlin 1997.

»Vor der Abreise«, in: »Radius-Almanach 2000/2001«, herausgegeben von Wolfgang Erk, Radius Verlag, Stuttgart 2000.

»Hochzeit im Park«, in: »Die Stadt am Fluß. Literaturstadt Frankfurt am Main. Ein Lesebuch«, herausgegeben von Carolina Romahn und Ruthard Stäblein, Suhrkamp Verlag, Frankfurt am Main 2002. (= suhrkamp taschenbuch 3386)

»Beckmanns Fluß«, in: »Die Stadt am Fluß«, a. a. O.

»Sprecht«, in: »Motto meines Lebens. Alfred Biolek, Herbert Grönemeyer, Elke Heidenreich und viele weitere Prominente verraten ihren Leitspruch«, herausgegeben von Florian Langenscheidt, Heyne Verlag, München 2003.

»Wärme«, in: »Lebens-Mittel. Was Kinder brauchen«, herausgegeben von Armin Abmeier und Rotraut Susanne Berner, Büchergilde Gutenberg, Frankfurt am Main 2003.

»Musik«, in: »Lebens-Mittel«, a. a. O.

»Neuerdings«, in: »Radius-Almanach 2002/2003«, herausgegeben von Wolfgang Erk, Radius Verlag Stuttgart 2002. – In diesem letzten Band des Radius-Almanachs wurde »Neuerdings« in der Handschrift des Autors abgedruckt.

»Theologie«, in: »Für Eberhard Jüngel, Festgabe für Eberhard Jüngel«, herausgegeben von Wolfgang Erk, Radius Verlag, Stuttgart 2004.

»Was weiß der Baum«, in: Edition GIB (Gesellschaftliche Integration von Behinderten), Berlin 2004. Dem Gedicht steht ein Foto mit dem Titel »Opfer« (Fürstenberg, August) gegenüber, an das Härtling mit seinem Gedicht anschließt. Seinem Gedicht hat er Ort und Datum der Entstehung »Walldorf-Mörfelden Juli 2004« hinzugefügt.

»Für Bächler«, in: »Schneetreiben im Zimmer: Gedichte für Wolfgang Bächler«, Babel Verlag, Denklingen 2005.

»Für Georg Katzer«, in: »Landschaft für Katzer«, herausgegeben von Stefan Amzoll, Verlag Akademie der Künste, Berlin 2005.

»Zuhören«, in: »Der schöne Überfluss. Uwe Timm und die Literatur«, Kiepenheuer und Witsch, Köln 2005.

»Quer unterm Vergessen«, in: »Gedicht – gezeichnet«, Wolfgang Neubauer Verlag, Feldkirch 2006.

»Mein Schatz«, in: »Der Geschichtenkoffer für Schatzsucher. Gereimtes, Ungereimtes, Tiefsinn und Unsinn«, herausgegeben von Christine Knödler, Boje Verlag, Köln 2006.

»Glück fürs Kind«, in: »Geschichtenkoffer für Glückskinder. Erzähltes, Gemaltes, Gereimtes, Ungereimtes, Tiefsinn und Unsinn«, herausgegeben von Christine Knödler, Boje Verlag, Köln 2007.

»Heim oder Weg«, in: »Ins Wort gesetzt. Zeitgenössische Lyrik zu Fotografien von Robert Häusser«, herausgegeben von Alfried Wieczorek und Claude W. Sui, Wächter Verlag, Heidelberg 2007. Das Gedicht ist zusammen mit dem Foto »Karren in der Gasse, 1940« abgedruckt. Foto und Gedicht sind zusammen unter dem gemeinsamen Titel »Karren in der Gasse« abgedruckt.

»Wie viele Nähen«, in: »Sich aussetzen. Das Wort ergreifen: Texte und Bilder zum 80. Geburtstag von Christa Wolf«, Wallstein Verlag, Göttingen 2009.

»Was wird sein«, in: Das Plateau, Die Zeitschrift im Radius Verlag, Nr. 125, 1. Juni 2011.
Dieses Gedicht nannte Härtling ein »Frühlingsgedicht«. Er hat es zusammen mit der Rede »Bleiben und Verschwinden. Dem Maler Axel Arndt« an den Verlag gesendet.
Diese Rede wurde im Folgeheft, Das Plateau Nr. 126, abgedruckt.

»Satz für Satz«, in: »Wo kommen die Wörter her. Neue Gedichte für Kinder und Erwachsene«, herausgegeben von Hans-Joachim Gelberg, Verlag Beltz und Gelberg, Weinheim 2011. – Dieses Gedicht ist trotz des gleichen Titels nicht mit dem ersten Gedicht in Härtlings Gedichtband »Vorwarnung« (1982), ebenso in »Die Gedichte«, Gesammelte Werke, Band 8 (1999), auf Seite 253, identisch.

»Frühlingsgedicht mit Hölderlin«, in: Das Argument, Heft Nr. 293 (Was kann Kunst?), herausgegeben von Wolfgang F. Haug, W. F. Haug Verlag, Karlsruhe 2011.

»Durch Bücher wandern«, in: »Geistesblüten. 35 Jahre Autorenbuchhandlung Berlin«, herausgegeben von Fürst und Iven GmbH, Verlag der Autorenbuchhandlung, Berlin 2011.

»Wann erwarte ich«, in: »Im Auftrag der Schrift: Die Sammlung Hartmann«, herausgegeben von Jürgen Thaler und der Vorarlberger Landesbibliothek, Kehrer Verlag, Heidelberg 2012.

»Kann sein«, in: »Common Sense« (24. Almanach), Edition Augenweide, Bernburg 2012.

»Glückgedicht«, in: »Glücksvogel, Geschichte, Gedichte und Bilder«, herausgegeben von Hans-Joachim Gelberg, Verlag Beltz und Gelberg, Weinheim 2013.

»Wenn der Kuli«, in: »Poesiealbum 85«, Sonderheft Günter Kunert, herausgegeben von Michael Augustin, Märkischer Verlag, Wilhelmshorst 2014.

»Distanzen 1–14«, in: Das Plateau, Heft Nr. 148, Radius Verlag, Stuttgart 2015. – Die »Distanzen« bestanden ursprünglich aus zwanzig Teilen. Die Teile 15 bis 20 sind in dem Band »Versuchte Ewigkeit« (siehe oben, »Die Gedichtbände«) enthalten.

»Trauer und Wut«, in: »Common Sense« (28. Almanach), Edition Augenweide, Bernburg 2016.

»Der Garten von damals«, in: ebd.

»Schritte in den Sommer«, in: ebd.

IV. Unveröffentlichte Gedichte

(Sämtliche in dieser Abteilung aufgenommenen Gedichte werden hier zum ersten Mal veröffentlicht.)

ALPHABETISCHES VERZEICHNIS DER GEDICHTTITEL UND DER GEDICHTANFÄNGE

Der Verlag Kiepenheuer & Witsch hat sich zu einer nachhaltigen Buchproduktion verpflichtet. Gemeinsam mit unseren Partnern und Lieferanten setzen wir uns für eine klimaneutrale Buchproduktion ein, die den Erwerb von Klimazertifikaten zur Kompensation des CO_2-Ausstoßes einschließt. Weitere Informationen finden Sie unter www.klimaneutralerverlag.de

MIX
Papier | Fördert gute Waldnutzung
FSC® C014496

1. Auflage 2023

Covergestaltung: Lynn Grevenitz
Gesetzt aus der Vendetta OT und der Brandon Grotesque
Satz: Buch-Werkstatt GmbH, Bad Aibling
Druck und Bindung: GGP Media GmbH, Pößneck

ISBN 978-3-462-00607-0